Jose

Le Roman de Tristan et Iseut

Dossier et notes réalisés par
Gabriella Parussa

Lecture d'image par
Agnès Verlet

Gabriella Parussa enseigne la langue et la littérature médiévale. Elle est actuellement professeur de langue du Moyen Âge et du XVIᵉ siècle à l'université de Paris-III. Ses recherches portent surtout sur la littérature didactique et dramatique de la fin du Moyen Âge et sur l'histoire de l'orthographe. Elle a collaboré à un volume de la Pléiade consacré au théâtre du Moyen Âge. Elle a établi l'édition critique d'*Epistre Othea* de Christine de Pisan aux éditions Droz. Pour la collection « Folioplus classiques », elle a rédigé le dossier pédagogique de *La Farce de Maître Pathelin* (n° 146).

Maître de conférences en littérature française à l'université d'Aix-en-Provence (Aix-Marseille I), **Agnès Verlet** est l'auteur de plusieurs essais : *Les Vanités de Chateaubriand* (Droz, 2001), *Pierres parlantes, Florilège d'épitaphes parisiennes* (Paris/Musées, 2000). Elle a rédigé le dossier critique des *Aventures du dernier Abencerage* de Chateaubriand (« La bibliothèque-Gallimard » n° 170) ainsi que conçu et commenté l'anthologie *Écrire des rêves* (« La bibliothèque Gallimard » n° 190). Elle collabore à des revues. Elle a également publié des œuvres de fiction, parmi lesquelles *La Messagère de rien* (Séguier, 1997) et *Les Violons brûlés* (La Différence, 2006).

Sommaire

Dossier

De l'enluminure au texte

Le texte en perspective

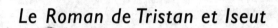

Le Roman de Tristan et Iseut

I
Les enfances de Tristan

Seigneurs, vous plaît-il d'entendre un beau conte d'amour
et de mort? C'est de Tristan et d'Iseut la reine. Écoutez
comment à grand'joie, à grand deuil ils s'aimèrent, puis en
moururent un même jour, lui par elle, elle par lui.

Aux temps anciens, le roi Marc régnait en Cornouailles.
Ayant appris que ses ennemis le guerroyaient, Rivalen, roi
de Loonnois, franchit la mer pour lui porter son aide. Il le
servit par l'épée et par le conseil, comme eût fait un vassal,
si fidèlement que Marc lui donna en récompense la belle
Blanchefleur, sa sœur, que le roi Rivalen aimait d'un merveilleux amour.

Il la prit à femme au moutier[1] de Tintagel. Mais à peine
l'eut-il épousée, la nouvelle lui vint que son ancien ennemi,
le duc Morgan, s'étant abattu sur le Loonnois, ruinait ses
bourgs, ses camps, ses villes. Rivalen équipa ses nefs hâti-
vement et emporta Blanchefleur, qui se trouvait grosse, vers
sa terre lointaine. Il atterrit devant son château de Kanoël,

---

1. Église.

confia la reine à la sauvegarde de son maréchal Rohalt, Rohalt que tous, pour sa loyauté, appelaient d'un beau nom, Rohalt le Foi-Tenant ; puis, ayant rassemblé ses barons [1], Rivalen partit pour soutenir sa guerre.

Blanchefleur l'attendit longuement. Hélas ! il ne devait pas revenir. Un jour, elle apprit que le duc Morgan l'avait tué en trahison. Elle ne le pleura point : ni cris, ni lamentations, mais ses membres devinrent faibles et vains ; son âme voulut, d'un fort désir, s'arracher de son corps. Rohalt s'efforçait de la consoler :

« Reine, disait-il, on ne peut rien gagner à mettre deuil sur deuil ; tous ceux qui naissent ne doivent-ils pas mourir ? Que Dieu reçoive les morts et préserve les vivants !... »

Mais elle ne voulut pas l'écouter. Trois jours elle attendit de rejoindre son cher seigneur. Au quatrième jour, elle mit au monde un fils, et, l'ayant pris entre ses bras :

« Fils, lui dit-elle, j'ai longtemps désiré de te voir ; et je vois la plus belle créature que femme ait jamais portée. Triste j'accouche, triste est la première fête que je te fais, à cause de toi j'ai tristesse à mourir. Et comme ainsi tu es venu sur terre par tristesse, tu auras nom Tristan. »

Quand elle eut dit ces mots, elle le baisa, et, sitôt qu'elle l'eut baisé, elle mourut.

Rohalt le Foi-Tenant recueillit l'orphelin. Déjà les hommes du duc Morgan enveloppaient le château de Kanoël : comment Rohalt aurait-il pu soutenir longtemps la guerre ? On dit justement : « Démesure n'est pas prouesse » ; il dut se rendre à la merci du duc Morgan. Mais, de crainte que Morgan n'égorgeât le fils de Rivalen, le maréchal le fit passer pour son propre enfant et l'éleva parmi ses fils.

Après sept ans accomplis, lorsque le temps fut venu de

---

1. Membres de la haute noblesse, vassaux du roi.

le reprendre aux femmes, Rohalt confia Tristan à un sage maître, le bon écuyer Gorvenal. Gorvenal lui enseigna en peu d'années les arts qui conviennent aux barons. Il lui apprit à manier la lance, l'épée, l'écu et l'arc, à lancer des disques de pierre, à franchir d'un bond les plus larges fossés; il lui apprit à détester tout mensonge et toute félonie, à secourir les faibles, à tenir la foi donnée; il lui apprit diverses manières de chant, le jeu de la harpe et l'art du veneur[1]; et quand l'enfant chevauchait parmi les jeunes écuyers, on eût dit que son cheval, ses armes et lui ne formaient qu'un seul corps et n'eussent jamais été séparés. À le voir si noble et si fier, large des épaules, grêle des flancs, fort, fidèle et preux, tous louaient Rohalt parce qu'il avait un tel fils. Mais Rohalt, songeant à Rivalen et à Blanchefleur, de qui revivaient la jeunesse et la grâce, chérissait Tristan comme son fils, et secrètement le révérait comme son seigneur.

Or, il advint que toute sa joie lui fut ravie, au jour où des marchands de Norvège, ayant attiré Tristan sur leur nef, l'emportèrent comme une belle proie. Tandis qu'ils cinglaient vers des terres inconnues, Tristan se débattait, ainsi qu'un jeune loup pris au piège. Mais c'est vérité prouvée, et tous les mariniers le savent : la mer porte à regret les nefs félonnes, et n'aide pas aux rapts ni aux traîtrises. Elle se souleva furieuse, enveloppa la nef de ténèbres, et la chassa huit jours et huit nuits à l'aventure. Enfin, les mariniers aperçurent à travers la brume une côte hérissée de falaises et de récifs où elle voulait briser leur carène. Ils se repentirent : connaissant que le courroux de la mer venait de cet enfant ravi à la male heure[2], ils firent vœu de le délivrer et parèrent une barque pour le déposer au rivage. Aussitôt tom-

1. Chasseur.
2. Pour leur malheur.

bèrent les vents et les vagues, le ciel brilla, et, tandis que la
nef des Norvégiens disparaissait au loin, les flots calmés et
riants portèrent la barque de Tristan sur le sable d'une
grève.

À grand effort, il monta sur la falaise et vit qu'au-delà
d'une lande vallonnée et déserte, une forêt s'étendait sans
fin. Il se lamentait, regrettant Gorvenal, Rohalt son père, et
la terre de Loonnois, quand le bruit lointain d'une chasse à
cor et à cri réjouit son cœur. Au bord de la forêt, un beau
cerf déboucha. La meute et les veneurs dévalaient sur sa
trace à grand bruit de voix et de trompes. Mais, comme les
limiers se suspendaient déjà par grappes au cuir de son gar-
rot, la bête, à quelques pas de Tristan, fléchit sur les jarrets
et rendit les abois. Un veneur la servit de l'épieu. Tandis
que, rangés en cercle, les chasseurs cornaient de prise, Tristan, étonné, vit le maître veneur entailler largement, comme
pour la trancher, la gorge du cerf. Il s'écria :

« Que faites-vous, seigneur ? Sied-il de découper si noble
bête comme un porc égorgé ? Est-ce donc la coutume de
ce pays ?

— Beau frère[1], répondit le veneur, que fais-je là qui
puisse te surprendre ? Oui, je détache d'abord la tête de ce
cerf, puis je trancherai son corps en quatre quartiers que
nous porterons, pendus aux arçons de nos selles, au roi
Marc, notre seigneur. Ainsi faisons-nous ; ainsi, dès le temps
des plus anciens veneurs, ont toujours fait les hommes de
Cornouailles. Si pourtant tu connais quelque coutume plus
louable, montre-nous-la ; prends ce couteau, beau frère ;
nous l'apprendrons volontiers. »

Tristan se mit à genoux et dépouilla le cerf avant de le
défaire ; puis il dépeça la tête en laissant, comme il convient,

---

1. L'adjectif beau a ici et dans toutes les tournures d'adresse le sens
de cher.

l'os corbin tout franc ; puis il leva les menus droits, le mufle, la langue, les daintiers et la veine du cœur.

Et veneurs et valets de limiers, penchés sur lui, le regardaient, charmés.

« Ami, dit le maître veneur, ces coutumes sont belles ; en quelle terre les as-tu apprises ? Dis-nous ton pays et ton nom.

— Beau seigneur, on m'appelle Tristan ; et j'appris ces coutumes en mon pays de Loonnois.

— Tristan, dit le veneur, que Dieu récompense le père qui t'éleva si noblement ! Sans doute, il est un baron riche et puissant ? »

Mais Tristan, qui savait bien parler et bien se taire, répondit par ruse :

« Non, seigneur, mon père est un marchand. J'ai quitté secrètement sa maison sur une nef qui partait pour trafiquer au loin, car je voulais apprendre comment se comportent les hommes des terres étrangères. Mais, si vous m'acceptez parmi vos veneurs, je vous suivrai volontiers, et vous ferai connaître, beau seigneur, d'autres déduits de vénerie.

— Beau Tristan, je m'étonne qu'il soit une terre où les fils des marchands savent ce qu'ignorent ailleurs les fils des chevaliers. Mais viens avec nous, puisque tu le désires, et sois le bienvenu. Nous te conduirons près du roi Marc, notre seigneur. »

Tristan achevait de défaire le cerf. Il donna aux chiens le cœur, le massacre[1] et les entrailles, et enseigna aux chasseurs comment se doivent faire la curée et le forhu[2]. Puis

---

1. Synonyme de curée, c'est-à-dire bas morceau de gibier que l'on donne aux chiens.
2. Partie des intestins que l'on utilise pour attirer les chiens loin de la curée.

il planta sur des fourches les morceaux bien divisés et les confia aux différents veneurs : à l'un la tête, à l'autre le cimier et les grands filets ; à ceux-ci les épaules, à ceux-là les cuissots, à cet autre le gros des nombles. Il leur apprit comment ils devaient se ranger deux par deux pour chevaucher en belle ordonnance, selon la noblesse des pièces de venaison dressées sur les fourches.

Alors ils se mirent à la voie en devisant, tant qu'ils découvrirent enfin un riche château. Des prairies l'environnaient, des vergers, des eaux vives, des pêcheries et des terres de labour. Des nefs nombreuses entraient au port. Le château se dressait sur la mer, fort et beau, bien muni contre tout assaut et tous engins de guerre ; et sa maîtresse tour, jadis élevée par les géants, était bâtie de blocs de pierre, grands et bien taillés, disposés comme un échiquier de sinople et d'azur.

Tristan demanda le nom de ce château.

« Beau valet, on le nomme Tintagel.

— Tintagel, s'écria Tristan, béni sois-tu de Dieu, et bénis soient tes hôtes ! »

Seigneurs, c'est là que jadis, à grand'joie, son père Rivalen avait épousé Blanchefleur. Mais, hélas ! Tristan l'ignorait.

Quand ils parvinrent au pied du donjon, les fanfares des veneurs attirèrent aux portes les barons et le roi Marc lui-même.

Après que le maître veneur lui eut conté l'aventure, Marc admira le bel arroi de cette chevauchée, le cerf bien dépecé, et le grand sens des coutumes de vénerie. Mais surtout il admirait le bel enfant étranger, et ses yeux ne pouvaient se détacher de lui. D'où lui venait cette première tendresse ? Le roi interrogeait son cœur et ne pouvait le comprendre. Seigneurs, c'était son sang qui s'émouvait et parlait en lui, et l'amour qu'il avait jadis porté à sa sœur Blanchefleur.

Le soir, quand les tables furent levées, un jongleur gallois,

maître en son art, s'avança parmi les barons assemblés, et
chanta des lais [1] de harpe. Tristan était assis aux pieds du
roi, et, comme le harpeur préludait à une nouvelle mélodie,
Tristan lui parla ainsi :

« Maître, ce lai est beau entre tous : jadis les anciens Bretons l'ont fait pour célébrer les amours de Graelent. L'air
en est doux, et douces les paroles. Maître, ta voix est habile,
harpe-le bien ! »

Le Gallois chanta, puis répondit :

« Enfant, que sais-tu donc de l'art des instruments ? Si les
marchands de la terre de Loonnois enseignent aussi à leurs
fils le jeu des harpes, des rotes et des vielles, lève-toi, prends
cette harpe, et montre ton adresse. »

Tristan prit la harpe et chanta si bellement que les barons
s'attendrissaient à l'entendre. Et Marc admirait le harpeur
venu de ce pays de Loonnois où jadis Rivalen avait emporté
Blanchefleur.

Quand le lai fut achevé, le roi se tut longuement.

« Fils, dit-il enfin, béni soit le maître qui t'enseigna, et béni
sois-tu de Dieu ! Dieu aime les bons chanteurs. Leur voix
et la voix de leur harpe pénètrent le cœur des hommes,
réveillent leurs souvenirs chers et leur font oublier maint
deuil et maint méfait. Tu es venu pour notre joie en cette
demeure. Reste longtemps près de moi, ami !

— Volontiers, je vous servirai, sire, répondit Tristan,
comme votre harpeur, votre veneur et votre homme lige. »

Il fit ainsi, et, durant trois années, une mutuelle tendresse
grandit dans leurs cœurs. Le jour, Tristan suivait Marc aux
plaids ou en chasse, et, la nuit, comme il couchait dans la
chambre royale parmi les privés et les fidèles, si le roi était
triste, il harpait pour apaiser son déconfort. Les barons le
chérissaient, et, sur tous les autres, comme l'histoire vous

---

1. Forme poétique médiévale, souvent accompagnée de musique.

l'apprendra, le sénéchal[1] Dinas de Lidan. Mais plus tendrement que les barons et que Dinas de Lidan, le roi l'aimait.
Malgré leur tendresse, Tristan ne se consolait pas d'avoir
perdu Rohalt son père, et son maître Gorvenal, et la terre
de Loonnois.

Seigneurs, il sied au conteur qui veut plaire d'éviter les
trop longs récits. La matière de ce conte est si belle et si
diverse : que servirait de l'allonger ? Je dirai donc brièvement
comment, après avoir longtemps erré par les mers et les
pays, Rohalt le Foi-Tenant aborda en Cornouailles, retrouva
Tristan, et, montrant au roi l'escarboucle jadis donnée par
lui à Blanchefleur comme un cher présent nuptial, lui dit :
« Roi Marc, celui-ci est Tristan de Loonnois, votre neveu,
fils de votre sœur Blanchefleur et du roi Rivalen. Le duc
Morgan tient sa terre à grand tort ; il est temps qu'elle fasse
retour au droit héritier. »

Et je dirai brièvement comment Tristan, ayant reçu de
son oncle les armes de chevalier, franchit la mer sur les nefs
de Cornouailles, se fit reconnaître des anciens vassaux de
son père, défia le meurtrier de Rivalen, l'occit et recouvra
sa terre.

Puis il songea que le roi Marc ne pouvait plus vivre heureusement sans lui, et comme la noblesse de son cœur lui
révélait toujours le parti le plus sage, il manda ses comtes
et ses barons et leur parla ainsi :

« Seigneurs de Loonnois, j'ai reconquis ce pays et j'ai
vengé le roi Rivalen par l'aide de Dieu et par votre aide.
Ainsi j'ai rendu à mon père son droit. Mais deux hommes,
Rohalt, et le roi Marc de Cornouailles, ont soutenu l'orphelin et l'enfant errant, et je dois aussi les appeler pères ;
à ceux-là, pareillement, ne dois-je pas rendre leur droit ? Or,

---

1. Officier du palais royal.

un haut homme a deux choses à lui : sa terre et son corps. Donc, à Rohalt, que voici, j'abandonnerai ma terre : père, vous la tiendrez, et votre fils la tiendra après vous. Au roi Marc, j'abandonnerai mon corps ; je quitterai ce pays, bien qu'il me soit cher, et j'irai servir mon seigneur Marc en Cornouailles. Telle est ma pensée ; mais vous êtes mes féaux[1], seigneurs de Loonnois, et me devez le conseil ; si donc l'un de vous veut m'enseigner une autre résolution, qu'il se lève et qu'il parle ! »

Mais tous les barons le louèrent avec des larmes, et Tristan, emmenant avec lui le seul Gorvenal, appareilla pour la terre du roi Marc.

---

1. Vassaux fidèles à leur suzerain.

2

Le Morholt d'Irlande

Tristrem seyd : « Ywis,
Y wil defende it as knizt. »

SIR TRISTREM.

Quand Tristan y rentra, Marc et toute sa baronnie menaient grand deuil [1]. Car le roi d'Irlande avait équipé une flotte pour ravager la Cornouailles, si Marc refusait encore, ainsi qu'il faisait depuis quinze années, d'acquitter un tribut jadis payé par ses ancêtres. Or, sachez que, selon d'anciens traités d'accord, les Irlandais pouvaient lever sur la Cornouailles, la première année trois cents livres de cuivre, la deuxième année trois cents livres d'argent fin, et la troisième trois cents livres d'or. Mais quand revenait la quatrième année, ils emportaient trois cents jeunes garçons et trois cents jeunes filles, de l'âge de quinze ans, tirés au sort entre les familles de Cornouailles. Or, cette année, le roi avait envoyé vers Tintagel, pour porter son message, un chevalier géant, le Morholt, dont il avait épousé la sœur, et que nul n'avait jamais pu vaincre en bataille. Mais le roi Marc, par lettres scellées, avait convoqué à sa cour tous les barons de sa terre, pour prendre leur conseil.

---

1. Manifester une douleur très intense par des signes extérieurs.

Au terme marqué, quand les barons furent assemblés dans la salle voûtée du palais et que Marc se fut assis sous le dais[1], le Morholt parla ainsi :

«Roi Marc, entends pour la dernière fois le mandement du roi d'Irlande, mon seigneur. Il te semond[2] de payer enfin le tribut que tu lui dois. Pour ce que tu l'as trop longtemps refusé, il te requiert de me livrer en ce jour trois cents jeunes garçons et trois cents jeunes filles, de l'âge de quinze ans, tirés au sort entre les familles de Cornouailles. Ma nef, ancrée au port de Tintagel, les emportera pour qu'ils deviennent nos serfs. Pourtant, — et je n'excepte que toi seul, roi Marc, ainsi qu'il convient, — si quelqu'un de tes barons veut prouver par bataille que le roi d'Irlande lève ce tribut contre le droit, j'accepterai son gage. Lequel d'entre vous, seigneurs cornouaillais, veut combattre pour la franchise de ce pays ?»

Les barons se regardaient entre eux à la dérobée, puis baissaient la tête. Celui-ci se disait : «Vois, malheureux, la stature du Morholt d'Irlande : il est plus fort que quatre hommes robustes. Regarde son épée : ne sais-tu point que par sortilège elle a fait voler la tête des plus hardis champions, depuis tant d'années que le roi d'Irlande envoie ce géant porter ses défis par les terres vassales ? Chétif, veux-tu chercher la mort ? À quoi bon tenter Dieu ?» Cet autre songeait : «Vous ai-je élevés, chers fils, pour les besognes des serfs, et vous, chères filles, pour celles des filles de joie ? Mais ma mort ne vous sauverait pas.» Et tous se taisaient.

Le Morholt dit encore :

«Lequel d'entre vous, seigneurs cornouaillais, veut prendre mon gage ? Je lui offre une belle bataille : car, à trois

---

1. Tenture au-dessus d'une estrade où se trouve le roi.
2. Forme du verbe semondre, qui signifie «convier quelqu'un ou lui enjoindre de faire quelque chose».

jours d'ici, nous gagnerons sur des barques l'île Saint-Samson, au large de Tintagel. Là, votre chevalier et moi, nous
combattrons seul à seul, et la louange d'avoir tenté la
bataille rejaillira sur toute sa parenté. »

Ils se taisaient toujours, et le Morholt ressemblait au ger-
faut que l'on enferme dans une cage avec de petits oiseaux :
quand il y entre, tous deviennent muets.

Le Morholt parla pour la troisième fois :

« Eh bien, beaux seigneurs cornouaillais, puisque ce parti
vous semble le plus noble, tirez vos enfants au sort et je les
emporterai ! Mais je ne croyais pas que ce pays ne fût habité
que par des serfs. »

Alors Tristan s'agenouilla aux pieds du roi Marc, et dit :

« Seigneur roi, s'il vous plaît de m'accorder ce don, je
ferai la bataille. »

En vain le roi Marc voulut l'en détourner. Il était jeune
chevalier : de quoi lui servirait sa hardiesse ? Mais Tristan
donna son gage [1] au Morholt, et le Morholt le reçut.

Au jour dit, Tristan se plaça sur une courtepointe de
cendal vermeil [2], et se fit armer pour la haute aventure. Il
revêtit le haubert et le heaume d'acier bruni. Les barons
pleuraient de pitié sur le preux et de honte sur eux-
mêmes. « Ah ! Tristan, se disaient-ils, hardi baron, belle
jeunesse, que n'ai-je, plutôt que toi, entrepris cette
bataille ! Ma mort jetterait un moindre deuil sur cette
terre !... » Les cloches sonnent, et tous, ceux de la baronnie et ceux de la gent menue [3], vieillards, enfants et
femmes, pleurant et priant, escortent Tristan jusqu'au

---

1. S'engager à combattre (souvent par le lancement d'un gant
donné comme garantie).
2. *Courtepointe* : couverture doublée ; *cendal* : étoffe de soie ; *vermeil* :
d'un rouge éclatant (adjectif vieilli ou littéraire).
3. Le peuple.

rivage. Ils espéraient encore, car l'espérance au cœur des hommes vit de chétive[1] pâture.

Tristan monta seul dans une barque et cingla vers l'île Saint-Samson. Mais le Morholt avait tendu à son mât une voile de riche pourpre, et le premier il aborda dans l'île. Il attachait sa barque au rivage, quand Tristan, touchant terre à son tour, repoussa du pied la sienne vers la mer.

«Vassal, que fais-tu? dit le Morholt, et pourquoi n'as-tu pas retenu comme moi ta barque par une amarre?

— Vassal, à quoi bon? répondit Tristan. L'un de nous reviendra seul vivant d'ici: une seule barque ne lui suffit-elle pas?»

Et tous deux, s'excitant au combat par des paroles outrageuses, s'enfoncèrent dans l'île.

Nul ne vit l'âpre bataille; mais, par trois fois, il sembla que la brise de mer portait au rivage un cri furieux. Alors, en signe de deuil, les femmes battaient leurs paumes en chœur, et les compagnons du Morholt, massés à l'écart devant leurs tentes, riaient. Enfin, vers l'heure de none[2], on vit au loin se tendre la voile de pourpre; la barque de l'Irlandais se détacha de l'île, et une clameur de détresse retentit: «Le Morholt! le Morholt!» Mais, comme la barque grandissait, soudain, au sommet d'une vague, elle montra un chevalier qui se dressait à la proue; chacun de ses poings tendait une épée brandie: c'était Tristan. Aussitôt vingt barques volèrent à sa rencontre et les jeunes hommes se jetaient à la nage. Le preux s'élança sur la grève et, tandis que les mères à genoux baisaient ses chausses de fer, il cria aux compagnons du Morholt:

«Seigneurs d'Irlande, le Morholt a bien combattu. Voyez: mon épée est ébréchée, un fragment de la lame est resté

---

1. Peu abondante (adjectif vieilli ou littéraire).
2. Neuvième heure du jour, donc quinze heures.

enfoncé dans son crâne. Emportez ce morceau d'acier, seigneurs : c'est le tribut de la Cornouailles ! »

Alors il monta vers Tintagel. Sur son passage, les enfants
délivrés agitaient à grands cris des branches vertes, et de
riches courtines se tendaient aux fenêtres. Mais quand,
parmi les chants d'allégresse, aux bruits des cloches, des
trompes et des buccines [1], si retentissants qu'on n'eût pas
ouï Dieu tonner, Tristan parvint au château, il s'affaissa
entre les bras du roi Marc : et le sang ruisselait de ses blessures.

À grand déconfort, les compagnons du Morholt abordè-
rent en Irlande. Naguère, quand il rentrait au port de Weisefort, le Morholt se réjouissait à revoir ses hommes
assemblés qui l'acclamaient en foule, et la reine sa sœur, et
sa nièce, Iseut la Blonde, aux cheveux d'or, dont la beauté
brillait déjà comme l'aube qui se lève. Tendrement elles lui
faisaient accueil, et, s'il avait reçu quelque blessure, elles le
guérissaient ; car elles savaient les baumes et les breuvages
qui raniment les blessés déjà pareils à des morts. Mais de
quoi leur serviraient maintenant les recettes magiques, les
herbes cueillies à l'heure propice, les philtres ? Il gisait mort,
cousu dans un cuir de cerf, et le fragment de l'épée ennemie était encore enfoncé dans son crâne. Iseut la Blonde
l'en retira pour l'enfermer dans un coffret d'ivoire, précieux
comme un reliquaire. Et, courbées sur le grand cadavre, la
mère et la fille, redisant sans fin l'éloge du mort et sans répit
lançant la même imprécation contre le meurtrier, menaient
à tour de rôle parmi les femmes le regret funèbre. De ce
jour, Iseut la Blonde apprit à haïr le nom de Tristan de
Loonnois.

Mais, à Tintagel, Tristan languissait : un sang venimeux

---

1. Trompettes.

découlait de ses blessures. Les médecins connurent que le Morholt avait enfoncé dans sa chair un épieu empoisonné, et comme leurs boissons et leur thériaque ne pouvaient le sauver, ils le remirent à la garde de Dieu. Une puanteur si odieuse s'exhalait de ses plaies que tous ses plus chers amis le fuyaient, tous, sauf le roi Marc, Gorvenal et Dinas de Lidan. Seuls, ils pouvaient demeurer à son chevet, et leur amour surmontait leur horreur. Enfin, Tristan se fit porter dans une cabane construite à l'écart sur le rivage ; et, couché devant les flots, il attendait la mort. Il songeait : « Vous m'avez donc abandonné, roi Marc, moi qui ai sauvé l'honneur de votre terre ? Non, je le sais, bel oncle, que vous donneriez votre vie pour la mienne ; mais que pourrait votre tendresse ? il me faut mourir. Il est doux, pourtant, de voir le soleil, et mon cœur est hardi encore. Je veux tenter la mer aventureuse... Je veux qu'elle m'emporte au loin, seul. Vers quelle terre ? je ne sais, mais là peut-être où je trouverai qui me guérisse. Et peut-être un jour vous servirai-je encore, bel oncle, comme votre harpeur, et votre veneur, et votre bon vassal. »

Il supplia tant, que le roi Marc consentit à son désir. Il le porta sur une barque sans rames ni voile, et Tristan voulut qu'on déposât seulement sa harpe près de lui. À quoi bon les voiles que ses bras n'auraient pu dresser ? À quoi bon les rames ? À quoi bon l'épée ? Comme un marinier, au cours d'une longue traversée, lance par-dessus bord le cadavre d'un ancien compagnon, ainsi, de ses bras tremblants, Gorvenal poussa au large la barque où gisait son cher fils, et la mer l'emporta.

Sept jours et sept nuits, elle l'entraîna doucement. Parfois, Tristan harpait pour charmer sa détresse. Enfin, la mer, à son insu, l'approcha d'un rivage. Or, cette nuit-là, des pêcheurs avaient quitté le port pour jeter leurs filets au large, et ramaient, quand ils entendirent une mélodie douce, hardie et vive, qui courait au ras des flots. Immobiles, leurs avirons suspendus sur les vagues, ils écoutaient ; dans la première blancheur de l'aube, ils aperçurent la barque errante. « Ainsi, se disaient-ils, une musique surnaturelle enveloppait la nef de saint Brendan, quand elle voguait vers les îles Fortunées sur la mer aussi blanche que le lait. » Ils ramèrent pour atteindre la barque : elle allait à la dérive, et rien n'y semblait vivre, que la voix de la harpe ; mais, à mesure qu'ils approchaient, la mélodie s'affaiblit, elle se tut, et, quand ils accostèrent, les mains de Tristan étaient retombées inertes sur les cordes frémissantes encore. Ils le recueillirent et retournèrent vers le port pour remettre le blessé à leur dame compatissante qui saurait peut-être le guérir.

Hélas ! ce port était Weisefort, où gisait le Morholt, et leur dame était Iseut la Blonde. Elle seule, habile aux philtres, pouvait sauver Tristan ; mais, seule parmi les femmes, elle voulait sa mort. Quand Tristan, ranimé par son art, se reconnut, il comprit que les flots l'avaient jeté sur une terre de péril. Mais, hardi encore à défendre sa vie, il sut trouver rapidement de belles paroles rusées. Il conta qu'il était un jongleur qui avait pris passage sur une nef marchande ; il naviguait vers l'Espagne pour y apprendre l'art de lire dans les étoiles ; des pirates avaient assailli la nef : blessé, il s'était enfui sur cette barque. On le crut : nul des compagnons du Morholt ne reconnut le beau chevalier de l'île Saint-Samson, si laidement le venin avait déformé ses traits. Mais quand, après quarante jours, Iseut aux cheveux d'or l'eut presque guéri, comme déjà, en ses membres assouplis, commençait à renaître la grâce de la jeunesse, il comprit qu'il fallait fuir ; il s'échappa, et, après maints dangers courus, un jour il reparut devant le roi Marc.

3
La quête de la Belle
aux cheveux d'or

> *En po d'ore vos oi paiée*
> *Ô la parole do chevol,*
> *Dont jo ai puis eü grant dol.*
>
> LAI DE LA FOLIE TRISTAN.

IL y avait à la cour du roi Marc quatre barons, les plus
félons des hommes, qui haïssaient Tristan de male haine
pour sa prouesse et pour le tendre amour que le roi lui
portait. Et je sais vous redire leurs noms : Andret, Guenelon, Gondoïne et Denoalen ; or le duc Andret était, comme
Tristan, un neveu du roi Marc. Connaissant que le roi médi-
tait de vieillir sans enfants pour laisser sa terre à Tristan,
leur envie s'irrita, et, par des mensonges, ils animaient
contre Tristan les hauts hommes de Cornouailles :

« Que de merveilles en sa vie ! disaient les félons ; mais
vous êtes des hommes de grand sens, seigneurs, et qui savez
sans doute en rendre raison. Qu'il ait triomphé du Morholt,
voilà déjà un beau prodige ; mais par quels enchantements
a-t-il pu, presque mort, voguer seul sur la mer ? Lequel de
nous, seigneurs, dirigerait une nef sans rames ni voile ? Les
magiciens le peuvent, dit-on. Puis, en quel pays de sortilège
a-t-il pu trouver remède à ses plaies ? Certes, il est un
enchanteur ; oui, sa barque était fée et pareillement son

épée, et sa harpe est enchantée, qui chaque jour verse des poisons au cœur du roi Marc! Comme il a su dompter ce cœur par puissance et charme de sorcellerie! Il sera roi, seigneurs, et vous tiendrez vos terres d'un magicien!»

Ils persuadèrent la plupart des barons : car beaucoup d'hommes ne savent pas que ce qui est du pouvoir des magiciens, le cœur peut aussi l'accomplir par la force de l'amour et de la hardiesse. C'est pourquoi les barons pressèrent le roi Marc de prendre à femme une fille de roi, qui lui donnerait des hoirs; s'il refusait, ils se retireraient dans leurs forts châteaux pour le guerroyer. Le roi résistait et jurait en son cœur qu'aussi longtemps que vivrait son cher neveu, nulle fille de roi n'entrerait en sa couche. Mais, à son tour, Tristan qui supportait à grand'honte le soupçon d'aimer son oncle à bon profit, le menaça : que le roi se rendît à la volonté de sa baronnie; sinon, il abandonnerait la cour, il s'en irait servir le riche roi de Gavoie. Alors Marc fixa un terme à ses barons : à quarante jours de là, il dirait sa pensée.

Au jour marqué, seul dans sa chambre, il attendait leur venue et songeait tristement : «Où donc trouver fille de roi si lointaine et inaccessible que je puisse feindre, mais feindre seulement, de la vouloir pour femme?»

À cet instant, par la fenêtre ouverte sur la mer, deux hirondelles qui bâtissaient leur nid entrèrent en se querellant, puis, brusquement effarouchées, disparurent. Mais de leurs becs s'était échappé un long cheveu de femme, plus fin que fil de soie, qui brillait comme un rayon de soleil.

Marc, l'ayant pris, fit entrer les barons et Tristan, et leur dit :

«Pour vous complaire, seigneurs, je prendrai femme, si toutefois vous voulez quérir [1] celle que j'ai choisie.

_____
1. Aller chercher.

— Certes, nous le voulons, beau seigneur ; qui donc est celle que vous avez choisie ?

— J'ai choisi celle à qui fut ce cheveu d'or, et sachez que je n'en veux point d'autre.

— Et de quelle part, beau seigneur, vous vient ce cheveu d'or ? qui vous l'a porté ? et de quel pays ?

— Il me vient, seigneurs, de la Belle aux cheveux d'or ; deux hirondelles me l'ont porté ; elles savent de quel pays. »

Les barons comprirent qu'ils étaient raillés et déçus. Ils regardaient Tristan avec dépit ; car ils le soupçonnaient d'avoir conseillé cette ruse. Mais Tristan, ayant considéré le cheveu d'or, se souvint d'Iseut la Blonde. Il sourit et parla ainsi :

« Roi Marc, vous agissez à grand tort ; et ne voyez-vous pas que les soupçons de ces seigneurs me honnissent ? Mais vainement vous avez préparé cette dérision : j'irai querir la Belle aux cheveux d'or. Sachez que la quête est périlleuse et qu'il me sera plus malaisé de retourner de son pays que de l'île où j'ai tué le Morholt ; mais de nouveau je veux mettre pour vous, bel oncle, mon corps et ma vie à l'aventure. Afin que vos barons connaissent si je vous aime d'amour loyal, j'engage ma foi par ce serment : ou je mourrai dans l'entreprise, ou je ramènerai en ce château de Tintagel la Reine aux blonds cheveux. »

Il équipa une belle nef, qu'il garnit de froment, de vin, de miel et de toutes bonnes denrées. Il y fit monter, outre Gorvenal, cent jeunes chevaliers de haut parage, choisis parmi les plus hardis, et les affubla de cottes de bure[1] et de chapes de camelin[2] grossier, en sorte qu'ils ressemblaient à des marchands ; mais, sous le pont de la nef, ils cachaient

---

1. Étoffe grossière de laine.
2. Étoffe légère fabriquée avec du poil de chameau ou de chèvre.

les riches habits de drap d'or, de cendal et d'écarlate[1], qui conviennent aux messagers d'un roi puissant.

Quand la nef eut pris le large, le pilote demanda :

« Beau seigneur, vers quelle terre naviguer ?

— Ami, cingle vers l'Irlande, droit au port de Weisefort. »

Le pilote frémit. Tristan ne savait-il pas que, depuis le meurtre du Morholt, le roi d'Irlande pourchassait les nefs cornouaillaises ? Les mariniers saisis, il les pendait à des fourches. Le pilote obéit pourtant et gagna la terre périlleuse.

D'abord, Tristan sut persuader aux hommes de Weisefort que ses compagnons étaient des marchands d'Angleterre venus pour trafiquer en paix. Mais, comme ces marchands d'étrange sorte consumaient le jour aux nobles jeux des tables et des échecs et paraissaient mieux s'entendre à manier les dés qu'à mesurer le froment, Tristan redoutait d'être découvert, et ne savait comment entreprendre sa quête.

Or, un matin, au point du jour, il ouït une voix si épouvantable qu'on eût dit le cri d'un démon. Jamais il n'avait entendu bête glapir en telle guise, si horrible et si merveilleuse. Il appela une femme qui passait sur le port :

« Dites-moi, fait-il, dame, d'où vient cette voix que j'ai ouïe[2] ? ne me le cachez pas.

— Certes, sire, je vous le dirai sans mensonge. Elle vient d'une bête fière et la plus hideuse qui soit au monde. Chaque jour, elle descend de sa caverne et s'arrête à l'une des portes de la ville. Nul n'en peut sortir, nul n'y peut entrer, qu'on n'ait livré au dragon une jeune fille ; et, dès qu'il la tient entre ses griffes, il la dévore en moins de temps qu'il n'en faut pour dire une patenôtre.

---

1. Tissu de qualité supérieure.
2. Forme du verbe ouïr qui signifie « entendre ».

— Dame, dit Tristan, ne vous raillez pas de moi, mais dites-moi s'il serait possible à un homme né de mère de l'occire[1] en bataille.

— Certes, beau doux sire[2], je ne sais ; ce qui est assuré, c'est que vingt chevaliers éprouvés ont déjà tenté l'aventure ; car le roi d'Irlande a proclamé par voix de héraut qu'il donnerait sa fille Iseut la Blonde à qui tuerait le monstre ; mais le monstre les a tous dévorés. »

Tristan quitte la femme et retourne vers sa nef. Il s'arme en secret, et il eût fait beau voir sortir de la nef de ces marchands si riche destrier de guerre et si fier chevalier. Mais le port était désert, car l'aube venait à peine de poindre, et nul ne vit le preux chevaucher jusqu'à la porte que la femme lui avait montrée. Soudain, sur la route, cinq hommes dévalèrent, qui éperonnaient leurs chevaux, les freins abandonnés, et fuyaient vers la ville. Tristan saisit au passage l'un d'entre eux par ses rouges cheveux tressés, si fortement qu'il le renversa sur la croupe de son cheval et le maintint arrêté :

« Dieu vous sauve, beau sire ! dit Tristan ; par quelle route vient le dragon ? »

Et quand le fuyard lui eut montré la route, Tristan le relâcha.

Le monstre approchait. Il avait la tête d'une guivre, les yeux rouges et tels que des charbons embrasés, deux cornes au front, les oreilles longues et velues, des griffes de lion, une queue de serpent, le corps écailleux d'un griffon.

Tristan lança contre lui son destrier d'une telle force que, tout hérissé de peur, il bondit pourtant contre le monstre. La lance de Tristan heurta les écailles et vola en éclats. Aus-

---

1. Tuer (vieux ou archaïque).
2. Très cher seigneur ; ici, beau et doux sont des adjectifs quasi synonymiques que l'on utilise dans les adresses à des personnages importants.

sitôt le preux tire son épée, la lève et l'assène sur la tête du dragon, mais sans même entamer le cuir. Le monstre a senti l'atteinte, pourtant ; il lance ses griffes contre l'écu, les y enfonce, et en fait voler les attaches. La poitrine découverte, Tristan le requiert encore de l'épée [1], et le frappe sur les flancs d'un coup si violent que l'air en retentit. Vainement : il ne peut le blesser. Alors, le dragon vomit par les naseaux un double jet de flammes venimeuses : le haubert de Tristan noircit comme un charbon éteint, son cheval s'abat et meurt. Mais, aussitôt relevé, Tristan enfonce sa bonne épée dans la gueule du monstre : elle y pénètre toute et lui fend le cœur en deux parts. Le dragon pousse une dernière fois son cri horrible et meurt.

Tristan lui coupa la langue et la mit dans sa chausse. Puis, tout étourdi par la fumée âcre, il marcha, pour y boire, vers une eau stagnante qu'il voyait briller à quelque distance. Mais le venin distillé par la langue du dragon s'échauffa contre son corps, et, dans les hautes herbes qui bordaient le marécage, le héros tomba inanimé.

Or, sachez que le fuyard aux rouges cheveux tressés était Aguynguerran le Roux, le sénéchal du roi d'Irlande, et qu'il convoitait Iseut la Blonde. Il était couard, mais telle est la puissance de l'amour que chaque matin il s'embusquait, armé, pour assaillir le monstre ; pourtant, du plus loin qu'il entendait son cri, le preux fuyait. Ce jour-là, suivi de ses quatre compagnons, il osa rebrousser chemin. Il trouva le dragon abattu, le cheval mort, l'écu brisé, et pensa que le vainqueur achevait de mourir en quelque lieu. Alors, il trancha la tête du monstre, la porta au roi et réclama le beau salaire promis.

---

1. Forme du verbe requerir, qui signifie, dans ce contexte, « attaquer avec son épée ».

Le roi ne crut guère à sa prouesse ; mais voulant lui faire droit, il fit semondre ses vassaux de venir à sa cour, à trois jours de là : devant le barnage [1] assemblé, le sénéchal Aguynguerran fournirait la preuve de sa victoire.

Quand Iseut la Blonde apprit qu'elle serait livrée à ce couard, elle fit d'abord une longue risée, puis se lamenta. Mais, le lendemain, soupçonnant l'imposture, elle prit avec elle son valet, le blond, le fidèle Perinis, et Brangien, sa jeune servante et sa compagne, et tous trois chevauchèrent en secret vers le repaire du monstre, tant qu'Iseut remarqua sur la route des empreintes de forme singulière : sans doute, le cheval qui avait passé là n'avait pas été ferré en ce pays. Puis elle trouva le monstre sans tête et le cheval mort ; il n'était pas harnaché selon la coutume d'Irlande. Certes, un étranger avait tué le dragon ; mais vivait-il encore ?

Iseut, Perinis et Brangien le cherchèrent longtemps ; enfin, parmi les herbes du marécage, Brangien vit briller le heaume du preux. Il respirait encore. Perinis le prit sur son cheval et le porta secrètement dans les chambres des femmes. Là, Iseut conta l'aventure à sa mère, et lui confia l'étranger. Comme la reine lui ôtait son armure, la langue envenimée du dragon tomba de sa chausse. Alors la reine d'Irlande réveilla le blessé par la vertu d'une herbe, et lui dit :

« Étranger, je sais que tu es vraiment le tueur du monstre. Mais notre sénéchal, un félon [2], un couard, lui a tranché la tête et réclame ma fille Iseut la Blonde pour sa récompense. Sauras-tu, à deux jours d'ici, lui prouver son tort par bataille ?

— Reine, dit Tristan, le terme est proche. Mais, sans doute,

---

1. Ensemble des barons, c'est-à-dire des vassaux.
2. Dans la société féodale, cet adjectif peut être utilisé comme substantif pour désigner un vassal qui n'a pas tenu son engagement de fidélité au suzerain.

vous pouvez me guérir en deux journées. J'ai conquis Iseut
sur le dragon ; peut-être je la conquerrai sur le sénéchal. »

Alors la reine l'hébergea richement, et brassa pour lui des
remèdes efficaces. Au jour suivant, Iseut la Blonde lui pré-
para un bain et doucement oignit son corps d'un baume que
sa mère avait composé. Elle arrêta ses regards sur le visage
du blessé, vit qu'il était beau, et se prit à penser : « Certes,
si sa prouesse vaut sa beauté, mon champion fournira une
rude bataille ! » Mais Tristan, ranimé par la chaleur de l'eau
et la force des aromates, la regardait, et, songeant qu'il avait
conquis la Reine aux cheveux d'or, se mit à sourire. Iseut
le remarqua et se dit : « Pourquoi cet étranger a-t-il souri ?
Ai-je rien fait qui ne convienne pas ? Ai-je négligé l'un des
services qu'une jeune fille doit rendre à son hôte ? Oui,
peut-être a-t-il ri parce que j'ai oublié de parer ses armes
ternies par le venin. »

Elle vint donc là où l'armure de Tristan était déposée : « Ce
heaume est de bon acier, pensa-t-elle, et ne lui faudra pas au
besoin. Et ce haubert est fort, léger, bien digne d'être porté
par un preux. » Elle prit l'épée par la poignée : « Certes, c'est
là une belle épée, et qui convient à un hardi baron. »

Elle tire du riche fourreau, pour l'essuyer, la lame sanglante. Mais elle voit qu'elle est largement ébréchée. Elle
remarque la forme de l'entaille : ne serait-ce point la lame
qui s'est brisée dans la tête du Morholt ? Elle hésite, regarde
encore, veut s'assurer de son doute. Elle court à la chambre
où elle gardait le fragment d'acier retiré naguère du crâne
du Morholt. Elle joint le fragment à la brèche ; à peine voyait-
on la trace de la brisure.

Alors elle se précipita vers Tristan, et, faisant tournoyer
sur la tête du blessé la grande épée, elle cria :

« Tu es Tristan de Loonnois, le meurtrier du Morholt,
mon cher oncle. Meurs donc à ton tour ! »

Tristan fit effort pour arrêter son bras ; vainement ; son

corps était perclus, mais son esprit restait agile. Il parla donc avec adresse :

« Soit, je mourrai ; mais, pour t'épargner les longs repentirs, écoute. Fille de roi, sache que tu n'as pas seulement le pouvoir, mais le droit de me tuer. Oui, tu as droit sur ma vie, puisque deux fois tu me l'as conservée et rendue. Une première fois, naguère : j'étais le jongleur blessé que tu as sauvé quand tu as chassé de son corps le venin dont l'épieu du Morholt l'avait empoisonné. Ne rougis pas, jeune fille, d'avoir guéri ces blessures : ne les avais-je pas reçues en loyal combat ? ai-je tué le Morholt en trahison ? ne m'avait-il pas défié ? ne devais-je pas défendre mon corps ? Pour la seconde fois, en m'allant chercher au marécage, tu m'as sauvé. Ah ! c'est pour toi, jeune fille, que j'ai combattu le dragon... Mais laissons ces choses : je voulais te prouver seulement que, m'ayant par deux fois délivré du péril de la mort, tu as droit sur ma vie. Tue-moi donc, si tu penses y gagner louange et gloire. Sans doute, quand tu seras couchée entre les bras du preux sénéchal, il te sera doux de songer à ton hôte blessé, qui avait risqué sa vie pour te conquérir et t'avait conquise, et que tu auras tué sans défense dans ce bain. »

Iseut s'écria :

« J'entends merveilleuses paroles [1]. Pourquoi le meurtrier du Morholt a-t-il voulu me conquérir ? Ah ! sans doute, comme le Morholt avait jadis tenté de ravir sur sa nef les jeunes filles de Cornouailles, à ton tour, par belles représailles, tu as fait cette vantance d'emporter comme ta serve celle que le Morholt chérissait entre les jeunes filles...

— Non, fille de roi, dit Tristan. Mais un jour deux hirondelles ont volé jusqu'à Tintagel pour y porter l'un de tes cheveux d'or. J'ai cru qu'elles venaient m'annoncer paix et

---

1. Discours qui suscite l'étonnement, étrange.

amour. C'est pourquoi je suis venu te querir par delà la mer. C'est pourquoi j'ai affronté le monstre et son venin. Vois ce cheveu cousu parmi les fils d'or de mon bliaut[1] ; la couleur des fils d'or a passé : l'or du cheveu ne s'est pas terni. »

Iseut regarda la grande épée et prit en mains le bliaut de Tristan. Elle y vit le cheveu d'or et se tut longuement ; puis elle baisa son hôte sur les lèvres en signe de paix et le revêtit de riches habits.

Au jour de l'assemblée des barons, Tristan envoya secrètement vers sa nef Perinis, le valet d'Iseut, pour mander à ses compagnons de se rendre à la cour, parés comme il convenait aux messagers d'un riche roi : car il espérait atteindre ce jour même au terme de l'aventure. Gorvenal et les cent chevaliers se désolaient depuis quatre jours d'avoir perdu Tristan ; ils se réjouirent de la nouvelle.

Un à un, dans la salle où déjà s'amassaient sans nombre les barons d'Irlande, ils entrèrent, s'assirent à la file sur un même rang, et les pierreries ruisselaient au long de leurs riches vêtements d'écarlate, de cendal et de pourpre. Les Irlandais disaient entre eux : « Quels sont ces seigneurs magnifiques ? Qui les connaît ? Voyez ces manteaux somptueux, parés de zibeline[2] et d'orfroi[3] ! Voyez au pommeau des épées, au fermail des pelisses, chatoyer les rubis, les béryls, les émeraudes et tant de pierres que nous ne savons même pas nommer ! Qui donc vit jamais splendeur pareille ? D'où viennent ces seigneurs ? À qui sont-ils ? » Mais les cent chevaliers se taisaient et ne se mouvaient de leurs sièges pour nul qui entrât.

Quand le roi d'Irlande fut assis sous le dais, le sénéchal

---

1. Sorte de tunique de laine ou de soie.
2. Fourrure de zibeline, animal très recherché, utilisée au Moyen Âge pour garnir les vêtements.
3. Broderie exécutée avec des fils d'or.

Aguynguerran le Roux offrit de prouver par témoins et de soutenir par bataille qu'il avait tué le monstre et qu'Iseut devait lui être livrée. Alors Iseut s'inclina devant son père et dit :

«Roi, un homme est là, qui prétend convaincre votre sénéchal de mensonge et de félonie. À cet homme prêt à prouver qu'il a délivré votre terre du fléau et que votre fille ne doit pas être abandonnée à un couard, promettez-vous de pardonner ses torts anciens, si grands soient-ils, et de lui accorder votre merci et votre paix ?»

Le roi y pensa et ne se hâtait pas de répondre. Mais ses barons crièrent en foule :

«Octroyez-le, sire, octroyez-le !»

Le roi dit :

«Et je l'octroie !»

Mais Iseut s'agenouilla à ses pieds :

«Père, donnez-moi d'abord le baiser de merci et de paix, en signe que vous le donnerez pareillement à cet homme !»

Quand elle eut reçu le baiser, elle alla chercher Tristan et le conduisit par la main dans l'assemblée. À sa vue, les cent chevaliers se levèrent à la fois, le saluèrent les bras en croix sur la poitrine, se rangèrent à ses côtés, et les Irlandais virent qu'il était leur seigneur. Mais plusieurs le reconnurent alors, et un grand cri retentit : «C'est Tristan de Loonnois, c'est le meurtrier du Morholt !» Les épées nues brillèrent et des voix furieuses répétaient : «Qu'il meure !»

Mais Iseut s'écria :

«Roi, baise cet homme sur la bouche, ainsi que tu l'as promis !»

Le roi le baisa sur la bouche, et la clameur s'apaisa.

Alors Tristan montra la langue du dragon, et offrit la bataille au sénéchal, qui n'osa l'accepter et reconnut son forfait. Puis Tristan parla ainsi :

«Seigneurs, j'ai tué le Morholt, mais j'ai franchi la mer

pour vous offrir belle amendise. Afin de racheter le méfait, j'ai mis mon corps en péril de mort et je vous ai délivrés du monstre, et voici que j'ai conquis Iseut la Blonde, la belle. L'ayant conquise, je l'emporterai donc sur ma nef. Mais, afin que par les terres d'Irlande et de Cornouailles se répande non plus la haine, mais l'amour, sachez que le roi Marc, mon cher seigneur, l'épousera. Voyez ici cent chevaliers de haut parage prêts à jurer sur les reliques des saints que le roi Marc vous mande [1] paix et amour, que son désir est d'honorer Iseut comme sa chère femme épousée, et que tous les hommes de Cornouailles la serviront comme leur dame et leur reine. »

On apporta les corps saints à grand'joie, et les cent chevaliers jurèrent qu'il avait dit vérité.

Le roi prit Iseut par la main et demanda à Tristan s'il la conduirait loyalement à son seigneur. Devant ses cent chevaliers et devant les barons d'Irlande, Tristan le jura.

Iseut la Blonde frémissait de honte et d'angoisse. Ainsi Tristan, l'ayant conquise, la dédaignait ; le beau conte du Cheveu d'or n'était que mensonge, et c'est à un autre qu'il la livrait... Mais le roi posa la main droite d'Iseut dans la main droite de Tristan, et Tristan la retint en signe qu'il se saisissait d'elle, au nom du roi de Cornouailles.

Ainsi, pour l'amour du roi Marc, par la ruse et par la force, Tristan accomplit la quête de la Reine aux cheveux d'or.

---

1. Verbe mander, qui signifie « faire savoir, envoyer quelque chose ».

4

Le philtre

Nein, ezn was nith mit wine,
doch ez im glich wœre,
ez was diu wernde swaere,
diu endelôse herzenôt
von der si beide lâgen tôt.

GOTTFRIED DE STRASBOURG.

Quand le temps approcha de remettre Iseut aux chevaliers de Cornouailles, sa mère cueillit des herbes, des fleurs et des racines, les mêla dans du vin, et brassa un breuvage puissant. L'ayant achevé par science et magie, elle le versa dans un coutret et dit secrètement à Brangien :

«Fille, tu dois suivre Iseut au pays du roi Marc, et tu l'aimes d'amour fidèle. Prends donc ce coutret de vin et retiens mes paroles. Cache-le de telle sorte que nul œil ne le voie et que nulle lèvre ne s'en approche. Mais, quand viendront la nuit nuptiale et l'instant où l'on quitte les époux, tu verseras ce vin herbé dans une coupe et tu la présenteras, pour qu'ils la vident ensemble, au roi Marc et à la reine Iseut. Prends garde, ma fille, que seuls ils puissent goûter ce breuvage. Car telle est sa vertu : ceux qui en boiront ensemble s'aimeront de tous leurs sens et de toute leur pensée, à toujours, dans la vie et dans la mort. »

Brangien promit à la reine qu'elle ferait selon sa volonté.

La nef, tranchant les vagues profondes, emportait Iseut. Mais, plus elle s'éloignait de la terre d'Irlande, plus tristement la jeune fille se lamentait. Assise sous la tente où elle s'était renfermée avec Brangien, sa servante, elle pleurait au souvenir de son pays. Où ces étrangers l'entraînaient-ils ? Vers qui ? Vers quelle destinée ? Quand Tristan s'approchait d'elle et voulait l'apaiser par de douces paroles, elle s'irritait, le repoussait, et la haine gonflait son cœur. Il était venu, lui le ravisseur, lui le meurtrier du Morholt ; il l'avait arrachée par ses ruses à sa mère et à son pays ; il n'avait pas daigné la garder pour lui-même, et voici qu'il l'emportait, comme sa proie, sur les flots, vers la terre ennemie ! « Chétive ! disait-elle, maudite soit la mer qui me porte ! Mieux aimerais-je mourir sur la terre où je suis née que vivre là-bas !... »

Un jour, les vents tombèrent, et les voiles pendaient dégonflées le long du mât. Tristan fit atterrir dans une île, et, lassés de la mer, les cent chevaliers de Cornouailles et les mariniers descendirent au rivage. Seule Iseut était demeurée sur la nef, et une petite servante. Tristan vint vers la reine et tâchait de calmer son cœur. Comme le soleil brûlait et qu'ils avaient soif, ils demandèrent à boire. L'enfant chercha quelque breuvage, tant qu'elle découvrit le coutret[1] confié à Brangien par la mère d'Iseut. « J'ai trouvé du vin ! » leur cria-t-elle. Non, ce n'était pas du vin : c'était la passion, c'était l'âpre joie et l'angoisse sans fin, et la mort. L'enfant remplit un hanap et le présenta à sa maîtresse. Elle but à longs traits, puis le tendit à Tristan, qui le vida.

---

1. Terme non attesté dans les dictionnaires du français moderne comme le Robert ou le TLF ; il désigne en français médiéval une mesure pour les liquides, une sorte de petit baril.

À cet instant, Brangien entra et les vit qui se regardaient en silence, comme égarés et comme ravis. Elle vit devant eux le vase presque vide et le hanap. Elle prit le vase, courut à la poupe, le lança dans les vagues et gémit :

«Malheureuse! maudit soit le jour où je suis née et maudit le jour où je suis montée sur cette nef! Iseut, amie, et vous, Tristan, c'est votre mort que vous avez bue!»

De nouveau, la nef cinglait vers Tintagel. Il semblait à Tristan qu'une ronce vivace, aux épines aiguës, aux fleurs odorantes, poussait ses racines dans le sang de son cœur et par de forts liens enlaçait au beau corps d'Iseut son corps et toute sa pensée, et tout son désir. Il songeait : «Andret, Denoalen, Guenelon et Gondoïne, félons qui m'accusiez de convoiter la terre du roi Marc, ah! je suis plus vil encore, et ce n'est pas sa terre que je convoite! Bel oncle, qui m'avez aimé orphelin avant même de reconnaître le sang de votre sœur Blanchefleur, vous qui me pleuriez tendrement, tandis que vos bras me portaient jusqu'à la barque sans rames ni voile, bel oncle, que n'avez-vous, dès le premier jour, chassé l'enfant errant venu pour vous trahir? Ah! qu'ai-je pensé? Iseut est votre femme, et moi votre vassal. Iseut est votre femme, et moi votre fils. Iseut est votre femme, et ne peut pas m'aimer.»

Iseut l'aimait. Elle voulait le haïr, pourtant : ne l'avait-il pas vilement dédaignée? Elle voulait le haïr, et ne pouvait, irritée en son cœur de cette tendresse plus douloureuse que la haine.

Brangien les observait avec angoisse, plus cruellement tourmentée encore, car seule elle savait quel mal elle avait causé. Deux jours elle les épia, les vit repousser toute nourriture, tout breuvage et tout réconfort, se chercher comme des aveugles qui marchent à tâtons l'un vers l'autre, malheureux quand ils languissaient séparés, plus malheureux encore quand, réunis, ils tremblaient devant l'horreur du premier aveu.

Au troisième jour, comme Tristan venait vers la tente, dressée sur le pont de la nef, où Iseut était assise, Iseut le vit s'approcher et lui dit humblement :

« Entrez, seigneur.

— Reine, dit Tristan, pourquoi m'avoir appelé seigneur ? Ne suis-je pas votre homme lige [1], au contraire, et votre vassal, pour vous révérer, vous servir et vous aimer comme ma reine et ma dame ? »

Iseut répondit :

« Non, tu le sais, que tu es mon seigneur et mon maître ! Tu le sais, que ta force me domine et que je suis ta serve ! Ah ! que n'ai-je avivé naguère les plaies du jongleur blessé ! Que n'ai-je laissé périr le tueur du monstre dans les herbes du marécage ! Que n'ai-je asséné sur lui, quand il gisait dans le bain, le coup de l'épée déjà brandie ! Hélas ! je ne savais pas alors ce que je sais aujourd'hui !

— Iseut, que savez-vous donc aujourd'hui ? Qu'est-ce donc qui vous tourmente ?

— Ah ! tout ce que je sais me tourmente, et tout ce que je vois. Ce ciel me tourmente, et cette mer, et mon corps, et ma vie ! »

Elle posa son bras sur l'épaule de Tristan ; des larmes éteignirent le rayon de ses yeux, ses lèvres tremblèrent. Il répéta :

« Amie, qu'est-ce donc qui vous tourmente ? »

Elle répondit :

« L'amour de vous. »

Alors il posa ses lèvres sur les siennes.

Mais, comme pour la première fois tous deux goûtaient une joie d'amour, Brangien, qui les épiait, poussa un cri, et,

---

1. Vassal lié à son seigneur, et plus généralement homme fidèle.

les bras tendus, la face trempée de larmes, se jeta à leurs pieds :

« Malheureux ! arrêtez-vous, et retournez, si vous le pouvez encore ! Mais non, la voie est sans retour, déjà la force de l'amour vous entraîne et jamais plus vous n'aurez de joie sans douleur. C'est le vin herbé qui vous possède, le breuvage d'amour que votre mère, Iseut, m'avait confié. Seul, le roi Marc devait le boire avec vous ; mais l'Ennemi[1] s'est joué de nous trois, et c'est vous qui avez vidé le hanap. Ami Tristan, Iseut amie, en châtiment de la male garde que j'ai faite, je vous abandonne mon corps, ma vie ; car, par mon crime, dans la coupe maudite, vous avez bu l'amour et la mort ! »

Les amants s'étreignirent ; dans leurs beaux corps frémissaient le désir et la vie. Tristan dit :

« Vienne donc la mort ! »

Et, quand le soir tomba, sur la nef qui bondissait plus rapide vers la terre du roi Marc, liés à jamais, ils s'abandonnèrent à l'amour.

---

1. Ce terme est utilisé comme un nom propre au Moyen Âge pour désigner le diable.

5

Brangien livrée aux serfs

Sobre totz avrai gran valor,
S'aitals camisa m'es dada,
Cum Iseus det a l'amador,
Que mais non era portada.

RAMBAUT, COMTE D'ORANGE.

Le roi Marc accueillit Iseut la Blonde au rivage. Tristan la prit par la main et la conduisit devant le roi ; le roi se saisit d'elle en la prenant à son tour par la main. À grand honneur il la mena vers le château de Tintagel, et, lorsqu'elle parut dans la salle au milieu des vassaux, sa beauté jeta une telle clarté que les murs s'illuminèrent, comme frappés du soleil levant. Alors le roi Marc loua les hirondelles qui, par belle courtoisie, lui avaient porté le cheveu d'or ; il loua Tristan et les cent chevaliers qui, sur la nef aventureuse, étaient allés lui querir la joie de ses yeux et de son cœur. Hélas ! la nef vous apporte, à vous aussi, noble roi, l'âpre deuil et les forts tourments.

À dix-huit jours de là, ayant convoqué tous ses barons, il prit à femme Iseut la Blonde. Mais, lorsque vint la nuit, Brangien, afin de cacher le déshonneur de la reine et pour la sauver de la mort, prit la place d'Iseut dans le lit nuptial. En châtiment de la male garde qu'elle avait faite sur la mer et pour l'amour de son amie, elle lui sacrifia, la fidèle, la pureté de son corps ; l'obscurité de la nuit cacha au roi sa ruse et sa honte.

Les conteurs prétendent ici que Brangien n'avait pas jeté dans la mer le flacon de vin herbé, non tout à fait vidé par les amants ; mais qu'au matin, après que sa dame fut entrée à son tour dans le lit du roi Marc, Brangien versa dans une coupe ce qui restait du philtre et la présenta aux époux ; que Marc y but largement et qu'Iseut jeta sa part à la dérobée. Mais sachez, seigneurs, que ces conteurs ont corrompu l'histoire et l'ont faussée. S'ils ont imaginé ce mensonge, c'est faute de comprendre le merveilleux amour que Marc porta toujours à la reine. Certes, comme vous l'entendrez bientôt, jamais, malgré l'angoisse, le tourment et les terribles représailles, Marc ne put chasser de son cœur Iseut ni Tristan ; mais sachez, seigneurs, qu'il n'avait pas bu le vin herbé. Ni poison, ni sortilège ; seule, la tendre noblesse de son cœur lui inspira d'aimer.

Iseut est reine et semble vivre en joie. Iseut est reine et vit en tristesse. Iseut a la tendresse du roi Marc, les barons l'honorent, et ceux de la gent menue la chérissent. Iseut passe le jour dans ses chambres richement peintes et jonchées de fleurs. Iseut a les nobles joyaux, les draps de pourpre et les tapis venus de Thessalie, les chants des harpeurs, et les courtines où sont ouvrés léopards, alérions, papegauts et toutes les bêtes de la mer et des bois. Iseut a ses vives, ses belles amours, et Tristan auprès d'elle, à loisir, et le jour et la nuit ; car, ainsi que veut la coutume chez les hauts seigneurs, il couche dans la chambre royale, parmi les privés et les fidèles. Iseut tremble pourtant. Pourquoi trembler ? Ne tient-elle pas ses amours secrètes ? Qui soupçonnerait Tristan ? Qui donc soupçonnerait un fils ? Qui la voit ? Qui l'épie ? Quel témoin ? Oui, un témoin l'épie, Bran-

gien ; Brangien la guette ; Brangien seule sait sa vie, Brangien
la tient en sa merci ! Dieu ! si, lasse de préparer chaque jour
comme une servante le lit où elle a couché la première, elle
les dénonçait au roi ! si Tristan mourait par sa félonie !...
Ainsi la peur affole la reine. Non, ce n'est pas de Brangien
la fidèle, c'est de son propre cœur que vient son tourment.
Écoutez, seigneurs, la grande traîtrise qu'elle médita ; mais
Dieu, comme vous l'entendrez, la prit en pitié ; vous aussi,
soyez-lui compatissants !

Ce jour-là, Tristan et le roi chassaient au loin, et Tristan
ne connut pas ce crime. Iseut fit venir deux serfs, leur promit la franchise et soixante besants d'or, s'ils juraient de
faire sa volonté. Ils firent le serment.

« Je vous donnerai donc, dit-elle, une jeune fille ; vous
l'emmènerez dans la forêt, loin ou près, mais en tel lieu que
nul ne découvre jamais l'aventure : là, vous la tuerez et me
rapporterez sa langue. Retenez, pour me les répéter, les
paroles qu'elle aura dites. Allez ; à votre retour, vous serez
des hommes affranchis et riches. »

Puis elle appela Brangien :

« Amie, tu vois comme mon corps languit et souffre ;
n'iras-tu pas chercher dans la forêt les plantes qui conviennent à ce mal ? Deux serfs sont là, qui te conduiront ; ils
savent où croissent les herbes efficaces. Suis-les donc ;
sœur, sache-le bien, si je t'envoie à la forêt, c'est qu'il y va
de mon repos et de ma vie ! »

Les serfs l'emmenèrent. Venue au bois, elle voulut s'arrêter, car les plantes salutaires croissaient autour d'elle en
suffisance. Mais ils l'entraînèrent plus loin :

« Viens, jeune fille, ce n'est pas ici le lieu convenable. »

L'un des serfs marchait devant elle, son compagnon la suivait. Plus de sentier frayé, mais des ronces, des épines et
des chardons emmêlés. Alors l'homme qui marchait le premier tira son épée et se retourna ; elle se rejeta vers l'autre

serf pour lui demander aide ; il tenait aussi l'épée nue à son poing et dit :

« Jeune fille, il nous faut te tuer. »

Brangien tomba sur l'herbe et ses bras tentaient d'écarter la pointe des épées. Elle demandait merci d'une voix si pitoyable et si tendre, qu'ils dirent :

« Jeune fille, si la reine Iseut, ta dame et la nôtre, veut que tu meures, sans doute lui as-tu fait quelque grand tort. »

Elle répondit :

« Je ne sais, amis ; je ne me souviens que d'un seul méfait. Quand nous partîmes d'Irlande, nous emportions chacune, comme la plus chère des parures, une chemise blanche comme la neige, une chemise pour notre nuit de noces. Sur la mer, il advint qu'Iseut déchira sa chemise nuptiale, et pour la nuit de ses noces je lui ai prêté la mienne. Amis, voilà tout le tort que je lui ai fait. Mais puisqu'elle veut que je meure, dites-lui que je lui mande salut et amour, et que je la remercie de tout ce qu'elle m'a fait de bien et d'honneur, depuis qu'enfant, ravie par des pirates, j'ai été vendue à sa mère et vouée à la servir. Que Dieu, dans sa bonté, garde son honneur, son corps, sa vie ! Frères, frappez maintenant ! »

Les serfs eurent pitié. Ils tinrent conseil et, jugeant que peut-être un tel méfait ne valait point la mort, ils la lièrent à un arbre.

Puis ils tuèrent un jeune chien : l'un d'eux lui coupa la langue, la serra dans un pan de sa gonelle, et tous deux reparurent ainsi devant Iseut.

« A-t-elle parlé ? demanda-t-elle, anxieuse.

— Oui, reine, elle a parlé. Elle a dit que vous étiez irritée à cause d'un seul tort : vous aviez déchiré sur la mer une chemise blanche comme neige que vous apportiez d'Irlande, elle vous a prêté la sienne au soir de vos noces. C'était là, disait-elle, son seul crime. Elle vous a rendu grâces pour tant de bienfaits reçus de vous dès l'enfance, elle a prié Dieu de protéger votre honneur et votre vie. Elle vous mande salut et amour. Reine, voici sa langue que nous vous apportons.

— Meurtriers ! cria Iseut, rendez-moi Brangien, ma chère servante ! Ne saviez-vous pas qu'elle était ma seule amie ? Meurtriers, rendez-la-moi !

— Reine, on dit justement : "Femme change en peu d'heures ; au même temps, femme rit, pleure, aime, hait." Nous l'avons tuée, puisque vous l'avez commandé !

— Comment l'aurais-je commandé ? Pour quel méfait ? n'était-ce pas ma chère compagne, la douce, la fidèle, la belle ? Vous le saviez, meurtriers : je l'avais envoyée chercher des herbes salutaires, et je vous l'ai confiée pour que vous la protégiez sur la route. Mais je dirai que vous l'avez tuée, et vous serez brûlés sur des charbons.

— Reine, sachez donc qu'elle vit et que nous vous la ramènerons saine et sauve. »

Mais elle ne les croyait pas, et, comme égarée, tour à tour maudissait les meurtriers et se maudissait elle-même. Elle retint l'un des serfs auprès d'elle, tandis que l'autre se hâtait vers l'arbre où Brangien était attachée.

« Belle, Dieu vous a fait merci, et voilà que votre dame vous rappelle ! »

Quand elle parut devant Iseut, Brangien s'agenouilla, lui demandant de lui pardonner ses torts ; mais la reine était aussi tombée à genoux devant elle, et toutes deux, embrassées, se pâmèrent longuement.

6

Le grand pin [1]

Isot ma drue, Isot m'amie,
En vos ma mort, en vos ma vie!

GOTTFRIED DE STRASBOURG.

Ce n'est pas Brangien la fidèle, c'est eux-mêmes que les amants doivent redouter. Mais comment leurs cœurs enivrés seraient-ils vigilants? L'amour les presse, comme la soif précipite vers la rivière le cerf sur ses fins; ou tel encore, après un long jeûne, l'épervier soudain lâché fond sur la proie. Hélas! amour ne se peut celer. Certes, par la prudence de Brangien, nul ne surprit la reine entre les bras de son ami; mais, à toute heure, en tout lieu, chacun ne voit-il pas comment le désir les agite, les étreint, déborde de tous leurs sens ainsi que le vin nouveau ruisselle de la cuve?

Déjà les quatre félons de la cour, qui haïssaient Tristan pour sa prouesse, rôdent autour de la reine. Déjà, ils connaissent la vérité de ses belles amours. Ils brûlent de convoitise, de haine et de joie. Ils porteront au roi la nouvelle: ils verront la tendresse se muer en fureur, Tristan

---

1. C'est par l'épisode du rendez-vous sous le pin que commence le texte de Béroul.

chassé ou livré à la mort, et le tourment de la reine. Ils crai-
gnaient pourtant la colère de Tristan ; mais, enfin, leur haine
dompta leur terreur ; un jour, les quatre barons appelèrent
le roi Marc à parlement, et Andret lui dit :

« Beau roi, sans doute ton cœur s'irritera, et tous quatre
nous en avons grand deuil ; mais nous devons te révéler ce
que nous avons surpris. Tu as placé ton cœur en Tristan,
et Tristan veut te honnir. Vainement nous t'avions averti ;
pour l'amour d'un seul homme, tu fais fi de ta parenté et
de ta baronnie entière, et tu nous délaisses tous. Sache donc
que Tristan aime la reine : c'est là vérité prouvée, et déjà
l'on en dit mainte parole. »

Le noble roi chancela et répondit :

« Lâche ! quelle félonie as-tu pensée ! Certes, j'ai placé
mon cœur en Tristan. Au jour où le Morholt vous offrit la
bataille, vous baissiez tous la tête, tremblants et pareils à
des muets ; mais Tristan l'affronta pour l'honneur de cette
terre, et par chacune de ses blessures son âme aurait pu
s'envoler. C'est pourquoi vous le haïssez, et c'est pourquoi
je l'aime, plus que toi, Andret, plus que vous tous, plus que
personne. Mais que prétendez-vous avoir découvert ?
qu'avez-vous vu ? qu'avez-vous entendu ?

— Rien, en vérité, seigneur, rien que tes yeux ne puissent voir, rien que tes oreilles ne puissent entendre.
Regarde, écoute, beau sire ; peut-être il en est temps
encore. »

Et, s'étant retirés, ils le laissèrent à loisir savourer le poison.

Le roi Marc ne put secouer le maléfice. À son tour,
contre son cœur, il épia son neveu, il épia la reine. Mais
Brangien s'en aperçut, les avertit, et vainement le roi tenta
d'éprouver Iseut par des ruses. Il s'indigna bientôt de ce vil

combat, et, comprenant qu'il ne pourrait plus chasser le soupçon, il manda Tristan et lui dit :

« Tristan, éloigne-toi de ce château ; et, quand tu l'auras quitté, ne sois plus si hardi que d'en franchir les fossés ni les lices. Des félons t'accusent d'une grande traîtrise. Ne m'interroge pas : je ne saurais rapporter leurs propos sans nous honnir tous les deux. Ne cherche pas des paroles qui m'apaisent : je le sens, elles resteraient vaines. Pourtant, je ne crois pas les félons : si je les croyais, ne t'aurais-je pas déjà jeté à la mort honteuse ? Mais leurs discours maléfiques ont troublé mon cœur, et seul ton départ le calmera. Pars ; sans doute je te rappellerai bientôt ; pars, mon fils toujours cher ! »

Quand les félons ouïrent la nouvelle :

« Il est parti, dirent-ils entre eux, il est parti, l'enchanteur, chassé comme un larron ! Que peut-il devenir désormais ? Sans doute il passera la mer pour chercher les aventures et porter son service déloyal à quelque roi lointain ! »

Non, Tristan n'eut pas la force de partir ; et quand il eut franchi les lices et les fossés du château, il connut qu'il ne pourrait s'éloigner davantage ; il s'arrêta dans le bourg même de Tintagel, prit hôtel avec Gorvenal dans la maison d'un bourgeois, et languit, torturé par la fièvre, plus blessé que naguère, aux jours où l'épieu du Morholt avait empoisonné son corps. Naguère, quand il gisait dans la cabane construite au bord des flots et que tous fuyaient la puanteur de ses plaies, trois hommes pourtant l'assistaient : Gorvenal, Dinas de Lidan et le roi Marc. Maintenant, Gorvenal et Dinas se tenaient encore à son chevet ; mais le roi Marc ne venait plus, et Tristan gémissait :

« Certes, bel oncle, mon corps répand maintenant l'odeur d'un venin plus repoussant, et votre amour ne sait plus surmonter votre horreur. »

Mais, sans relâche, dans l'ardeur de la fièvre, le désir l'entraînait, comme un cheval emporté, vers les tours bien closes qui tenaient la reine enfermée ; cheval et cavalier se brisaient contre les murs de pierre ; mais cheval et cavalier se relevaient et reprenaient sans cesse la même chevauchée.

Derrière les tours bien closes, Iseut la Blonde languit aussi, plus malheureuse encore : car, parmi ces étrangers qui l'épient, il lui faut tout le jour feindre la joie et rire ; et, la nuit, étendue aux côtés du roi Marc, il lui faut dompter, immobile, l'agitation de ses membres et les tressauts de la fièvre. Elle veut fuir vers Tristan. Il lui semble qu'elle se lève et qu'elle court jusqu'à la porte ; mais, sur le seuil obscur, les félons ont tendu de grandes faulx : les lames affilées et méchantes saisissent au passage ses genoux délicats. Il lui semble qu'elle tombe et que, de ses genoux tranchés, s'élancent deux rouges fontaines.

Bientôt les amants mourront, si nul ne les secourt. Et qui donc les secourra, sinon Brangien ? Au péril de sa vie, elle s'est glissée vers la maison où Tristan languit. Gorvenal lui ouvre tout joyeux, et, pour sauver les amants, elle enseigne une ruse à Tristan.

Non, jamais, seigneurs, vous n'aurez ouï parler d'une plus belle ruse d'amour.

Derrière le château de Tintagel, un verger s'étendait, vaste et clos de fortes palissades. De beaux arbres y croissaient sans nombre, chargés de fruits, d'oiseaux et de grappes odorantes. Au lieu le plus éloigné du château, tout auprès des pieux de la palissade, un pin s'élevait, haut et droit, dont le tronc robuste soutenait une large ramure. À son pied, une source vive : l'eau s'épandait d'abord en une large nappe, claire et calme, enclose par un perron de marbre ; puis, contenue entre deux rives resserrées, elle courait par le verger et, pénétrant dans l'intérieur même du château, traversait les chambres des femmes. Or, chaque soir, Tristan, par le conseil de Brangien, taillait avec art des morceaux d'écorce et de menus branchages. Il franchissait les pieux aigus, et, venu sous le pin, jetait les copeaux dans la fontaine. Légers comme l'écume, ils surnageaient et coulaient avec elle, et, dans les chambres des femmes, Iseut épiait leur venue. Aussitôt, les soirs où Brangien avait su écarter le roi Marc et les félons, elle s'en venait vers son ami.

Elle s'en vient, agile et craintive pourtant, guettant à chacun de ses pas si des félons se sont embusqués derrière les arbres. Mais, dès que Tristan l'a vue, les bras ouverts, il s'élance vers elle. Alors la nuit les protège et l'ombre amie du grand pin.

« Tristan, dit la reine, les gens de mer n'assurent-ils pas que ce château de Tintagel est enchanté et que, par sortilège, deux fois l'an, en hiver et en été, il se perd et disparaît aux yeux ? Il s'est perdu maintenant. N'est-ce pas ici le verger merveilleux dont parlent les lais de harpe : une muraille d'air l'enclôt de toutes parts ; des arbres fleuris, un sol embaumé ; le héros y vit sans vieillir entre les bras de son amie et nulle force ennemie ne peut briser la muraille d'air ? »

Déjà, sur les tours de Tintagel, retentissent les trompes des guetteurs qui annoncent l'aube.

« Non, dit Tristan, la muraille d'air est déjà brisée, et ce n'est pas ici le verger merveilleux. Mais, un jour, amie, nous irons ensemble au Pays Fortuné dont nul ne retourne. Là s'élève un château de marbre blanc ; à chacune de ses mille fenêtres brille un cierge allumé ; à chacune, un jongleur joue et chante une mélodie sans fin ; le soleil n'y brille pas, et pourtant nul ne regrette sa lumière : c'est l'heureux pays des vivants. »

Mais, au sommet des tours de Tintagel, l'aube éclaire les grands blocs alternés de sinople et d'azur.

Iseut a recouvré la joie : le soupçon de Marc se dissipe et les félons comprennent, au contraire, que Tristan a revu la reine. Mais Brangien fait si bonne garde qu'ils épient vainement. Enfin, le duc Andret, que Dieu honnisse ! dit à ses compagnons :

« Seigneurs, prenons conseil de Frocin, le nain bossu. Il connaît les sept arts, la magie et toutes manières d'enchantements. Il sait, à la naissance d'un enfant, observer si bien les sept planètes et le cours des étoiles, qu'il conte par avance tous les points de sa vie. Il découvre, par la puissance de Bugibus et de Noiron, les choses secrètes. Il nous enseignera, s'il veut, les ruses d'Iseut la Blonde. »

En haine de beauté et de prouesse, le petit homme méchant traça les caractères de sorcellerie, jeta ses charmes et ses sorts, considéra le cours d'Orion et de Lucifer, et dit :

« Vivez en joie, beaux seigneurs ; cette nuit vous pourrez les saisir. »

Ils le menèrent devant le roi.

« Sire, dit le sorcier, mandez à vos veneurs qu'ils mettent la laisse aux limiers et la selle aux chevaux ; annoncez que sept jours et sept nuits vous vivrez dans la forêt, pour conduire votre chasse, et vous me pendrez aux fourches si vous n'entendez pas, cette nuit même, quel discours Tristan tient à la reine. »

Le roi fit ainsi, contre son cœur. La nuit tombée, il laissa ses veneurs dans la forêt, prit le nain en croupe, et retourna vers Tintagel. Par une entrée qu'il savait, il pénétra dans le verger, et le nain le conduisit sous le grand pin.

« Beau roi, il convient que vous montiez dans les branches de cet arbre. Portez là-haut votre arc et vos flèches : ils vous serviront peut-être. Et tenez-vous coi : vous n'attendrez pas longuement. »

— Va-t'en, chien de l'Ennemi !» répondit Marc.

Et le nain s'en alla, emmenant le cheval.

Il avait dit vrai : le roi n'attendit pas longuement. Cette nuit, la lune brillait, claire et belle. Caché dans la ramure, le roi vit son neveu bondir par-dessus les pieux aigus. Tristan vint sous l'arbre et jeta dans l'eau les copeaux et les branchages. Mais, comme il s'était penché sur la fontaine en les jetant, il vit, réfléchie dans l'eau, l'image du roi. Ah ! s'il pouvait arrêter les copeaux qui fuient ! Mais non, ils courent, rapides, par le verger. Là-bas, dans les chambres des femmes, Iseut épie leur venue ; déjà, sans doute, elle les voit, elle accourt. Que Dieu protège les amants !

Elle vient. Assis, immobile, Tristan la regarde, et, dans l'arbre, il entend le crissement de la flèche, qui s'encoche dans la corde de l'arc.

Elle vient, agile et prudente pourtant, comme elle avait coutume. « Qu'est-ce donc ? pense-t-elle. Pourquoi Tristan n'accourt-il pas ce soir à ma rencontre ? aurait-il vu quelque ennemi ?»

Elle s'arrête, fouille du regard les fourrés noirs ; soudain, à la clarté de la lune, elle aperçut à son tour l'ombre du roi dans la fontaine. Elle montra bien la sagesse des femmes, en ce qu'elle ne leva point les yeux vers les branches de l'arbre : «Seigneur Dieu ! dit-elle tout bas, accordez-moi seulement que je puisse parler la première !»

Elle s'approche encore. Écoutez comme elle devance et prévient son ami :

«Sire Tristan, qu'avez-vous osé ? M'attirer en tel lieu, à telle heure ! Maintes fois déjà vous m'aviez mandée, pour me supplier, disiez-vous. Et par quelle prière ? Qu'attendez-vous de moi ? Je suis venue enfin, car je n'ai pu l'oublier, si je suis reine, je vous le dois. Me voici donc : que voulez-vous ?

— Reine, vous crier merci, afin que vous apaisiez le roi !»

Elle tremble et pleure. Mais Tristan loue le Seigneur Dieu, qui a montré le péril à son amie.

« Oui, reine, je vous ai mandée souvent et toujours en vain ; jamais, depuis que le roi m'a chassé, vous n'avez daigné venir à mon appel. Mais prenez en pitié le chétif que voici ; le roi me hait, j'ignore pourquoi ; mais vous le savez peut-être ; et qui donc pourrait charmer sa colère, sinon vous seule, reine franche [1], courtoise Iseut, en qui son cœur se fie ?

— En vérité, sire Tristan, ignorez-vous encore qu'il nous soupçonne tous les deux ? Et de quelle traîtrise ! faut-il, par surcroît de honte, que ce soit moi qui vous l'apprenne ? Mon seigneur croit que je vous aime d'amour coupable. Dieu le sait pourtant, et, si je mens, qu'il honnisse mon corps ! jamais je n'ai donné mon amour à nul homme, hormis à celui qui le premier m'a prise, vierge, entre ses bras. Et vous voulez, Tristan, que j'implore du roi votre pardon ? Mais s'il savait seulement que je suis venue sous ce pin, demain il ferait jeter ma cendre aux vents ! »

Tristan gémit :

« Bel oncle, on dit : "Nul n'est vilain [2], s'il ne fait vilenie." Mais en quel cœur a pu naître un tel soupçon ?

— Sire Tristan, que voulez-vous dire ? Non, le roi mon seigneur n'eût pas de lui-même imaginé telle vilenie. Mais les félons de cette terre lui ont fait accroire ce mensonge, car il est facile de décevoir les cœurs loyaux. Ils s'aiment, lui ont-ils dit, et les félons nous l'ont tourné à crime. Oui, vous m'aimiez, Tristan ; pourquoi le nier ? ne suis-je pas la femme de votre oncle et ne vous avais-je pas deux fois sauvé

---

1. Adjectif qui désigne une personne noble.

2. Le substantif vilain désigne un paysan libre, par opposition à serf ; mais, comme adjectif, il désigne quelqu'un de mahonnête et de méprisable. Selon les valeurs de la société médiévale, vilain s'oppose à courtois.

de la mort ? Oui, je vous aimais en retour : n'êtes-vous pas du lignage du roi, et n'ai-je pas ouï maintes fois ma mère répéter qu'une femme n'aime pas son seigneur tant qu'elle n'aime pas la parenté de son seigneur ? C'est pour l'amour du roi que je vous aimais, Tristan ; maintenant encore, s'il vous reçoit en grâce, j'en serai joyeuse. Mais mon corps tremble, j'ai grand'peur, je pars, j'ai trop demeuré déjà. ».

Dans la ramure, le roi eut pitié et sourit doucement. Iseut s'enfuit, Tristan la rappelle :

« Reine, au nom du Sauveur, venez à mon secours, par charité ! Les couards voulaient écarter du roi tous ceux qui l'aiment ; ils ont réussi et le raillent maintenant. Soit ; je m'en irai donc hors de ce pays, au loin, misérable, comme j'y vins jadis : mais, tout au moins, obtenez du roi qu'en reconnaissance des services passés, afin que je puisse sans honte chevaucher loin d'ici, il me donne du sien assez pour acquitter mes dépenses, pour dégager mon cheval et mes armes.

— Non, Tristan, vous n'auriez pas dû m'adresser cette requête. Je suis seule sur cette terre, seule en ce palais où nul ne m'aime, sans appui, à la merci du roi. Si je lui dis un seul mot pour vous, ne voyez-vous pas que je risque la mort honteuse ? Ami, que Dieu vous protège ! Le roi vous hait à grand tort ! Mais, en toute terre où vous irez, le Seigneur Dieu vous sera un ami vrai. »

Elle part et fuit jusqu'à sa chambre, où Brangien la prend, tremblante, entre ses bras. La reine lui dit l'aventure ; Brangien s'écrie : « Iseut, ma dame, Dieu a fait pour vous un grand miracle ! Il est père compatissant et ne veut pas le mal de ceux qu'il sait innocents. »

Sous le grand pin, Tristan, appuyé contre le perron de marbre, se lamentait :

« Que Dieu me prenne en pitié et répare la grande injustice que je souffre de mon cher seigneur ! »

Quand il eut franchi la palissade du verger, le roi dit en souriant :

« Beau neveu, bénie soit cette heure ! Vois : la lointaine chevauchée que tu préparais ce matin, elle est déjà finie ! »

Là-bas, dans une clairière de la forêt, le nain Frocin interrogeait le cours des étoiles. Il y lut que le roi le menaçait de mort ; il noircit de peur et de honte ; enfla de rage, et s'enfuit prestement vers la terre de Galles.

7

Le nain Frocin

Wé dem selbin getwerge,
Daz er den edelin man vorrit

EILHART D'OBERG.

Le roi Marc a fait sa paix avec Tristan. Il lui a donné congé de revenir au château, et, comme naguère, Tristan couche dans la chambre du roi, parmi les privés et les fidèles. À son gré, il y peut entrer, il en peut sortir : le roi n'en a plus souci. Mais qui donc peut longtemps tenir ses amours secrètes ? Hélas ! amour ne se peut celer !

Marc avait pardonné aux félons, et comme le sénéchal Dinas de Lidan avait un jour trouvé dans une forêt lointaine, errant et misérable, le nain bossu, il le ramena au roi, qui eut pitié et lui pardonna son méfait.

Mais sa bonté ne fit qu'exciter la haine des barons ; ayant de nouveau surpris Tristan et la reine, ils se lièrent par ce serment : si le roi ne chassait pas son neveu hors du pays, ils se retireraient dans leurs forts châteaux pour le guer-royer. Ils appelèrent le roi à parlement[1] :

« Seigneur, aime-nous, hais-nous, à ton choix : mais nous voulons que tu chasses Tristan. Il aime la reine, et le voit qui veut ; mais nous, nous ne le souffrirons plus. »

---

1. Entretien, assemblée des vassaux.

Le roi les entend, soupire, baisse le front vers la terre, se tait.

«Non, roi, nous ne le souffrirons plus, car nous savons maintenant que cette nouvelle, naguère étrange, n'est plus pour te surprendre et que tu consens à leur crime. Que feras-tu? Délibère et prends conseil. Pour nous, si tu n'éloignes pas ton neveu sans retour, nous nous retirerons sur nos baronnies et nous entraînerons aussi nos voisins hors de ta cour, car nous ne pouvons supporter qu'ils y demeurent. Tel est le choix que nous t'offrons; choisis donc!

— Seigneurs, une fois j'ai cru aux laides paroles que vous disiez de Tristan, et je m'en suis repenti. Mais vous êtes mes féaux, et je ne veux pas perdre le service de mes hommes. Conseillez-moi donc, je vous en requiers, vous qui me devez le conseil. Vous savez bien que je fuis tout orgueil et toute démesure.

— Donc, seigneur, mandez ici le nain Frocin. Vous vous défiez de lui, pour l'aventure du verger. Pourtant, n'avait-il pas lu dans les étoiles que la reine viendrait ce soir-là sous le pin? Il sait maintes choses; prenez son conseil.»

Il accourut, le bossu maudit, et Denoalen l'accola. Écoutez quelle trahison il enseigna au roi:

«Sire, commande à ton neveu que demain, dès l'aube, au galop, il chevauche vers Carduel pour porter au roi Artur un bref sur parchemin, bien scellé de cire. Roi, Tristan couche près de ton lit. Sors de ta chambre à l'heure du premier sommeil, et, je te le jure par Dieu et par la loi de Rome, s'il aime Iseut de fol amour, il voudra venir lui parler avant son départ: mais, s'il y vient sans que je le sache et sans que tu le voies, alors tue-moi. Pour le reste, laisse-moi mener l'aventure à ma guise et garde-toi seulement de parler à Tristan de ce message avant l'heure du coucher.

— Oui, répondit Marc, qu'il en soit fait ainsi!»

Alors le nain fit une laide félonie. Il entra chez un boulanger et lui prit pour quatre deniers de fleur de farine qu'il cacha dans le giron de sa robe. Ah! qui se fût jamais avisé de telle traîtrise? La nuit venue, quand le roi eut pris son repas et que ses hommes furent endormis par la vaste salle voisine de sa chambre, Tristan s'en vint, comme il avait coutume, au coucher du roi Marc.

«Beau neveu, faites ma volonté: vous chevaucherez vers le roi Artur jusqu'à Carduel, et vous lui ferez déplier ce bref[1]. Saluez-le de ma part et ne séjournez qu'un jour auprès de lui.

— Roi, je le porterai demain.

— Oui, demain, avant que le jour se lève.»

Voilà Tristan en grand émoi. De son lit au lit de Marc il y avait bien la longueur d'une lance. Un désir furieux le prit de parler à la reine, et il se promit en son cœur que, vers l'aube, si Marc dormait, il se rapprocherait d'elle. Ah! Dieu! la folle pensée!

Le nain couchait, comme il en avait coutume, dans la chambre du roi. Quand il crut que tous dormaient, il se leva et répandit entre le lit de Tristan et celui de la reine la fleur de farine: si l'un des deux amants allait rejoindre l'autre, la farine garderait la forme de ses pas. Mais, comme il l'éparpillait, Tristan, qui restait éveillé, le vit:

«Qu'est-ce à dire? Ce nain n'a pas coutume de me servir pour mon bien; mais il sera déçu: bien fou qui lui laisserait prendre l'empreinte de ses pas!»

À la mi-nuit, le roi se leva et sortit, suivi du nain bossu. Il faisait noir dans la chambre: ni cierge allumé, ni lampe. Tristan se dressa debout sur son lit. Dieu! pourquoi eut-il cette pensée? Il joint les pieds, estime la distance, bondit et retombe sur le lit du roi. Hélas! la veille, dans la forêt, le

---

1. Lettre.

boutoir d'un grand sanglier l'avait navré à la jambe, et, pour son malheur, la blessure n'était point bandée. Dans l'effort de ce bond, elle s'ouvre, saigne ; mais Tristan ne voit pas le sang qui fuit et rougit les draps. Et dehors, à la lune, le nain, par son art de sortilège, connut que les amants étaient réunis. Il en trembla de joie et dit au roi :

« Va, et maintenant, si tu ne les surprends pas ensemble, fais-moi pendre ! »

Ils viennent donc vers la chambre, le roi, le nain et les quatre félons. Mais Tristan les a entendus : il se relève, s'élance, atteint son lit... Hélas ! au passage, le sang a malement coulé de la blessure sur la farine.

Voici le roi, les barons, et le nain qui porte une lumière. Tristan et Iseut feignaient de dormir ; ils étaient restés seuls dans la chambre avec Perinis, qui couchait aux pieds de Tristan et ne bougeait pas. Mais le roi voit sur le lit les draps tout vermeils et, sur le sol, la fleur de farine trempée de sang frais.

Alors les quatre barons, qui haïssaient Tristan pour sa prouesse, le maintiennent sur son lit, et menacent la reine et la raillent, la narguent et lui promettent bonne justice. Ils découvrent la blessure qui saigne :

« Tristan, dit le roi, nul démenti ne vaudrait désormais ; vous mourrez demain. »

Il lui crie :

« Accordez-moi merci, seigneur ! Au nom du Dieu qui souffrit la Passion, seigneur, pitié pour nous !

— Seigneur, venge-toi ! répondent les félons.

— Bel oncle, ce n'est pas pour moi que je vous implore ; que m'importe de mourir ? Certes, n'était la crainte de vous courroucer, je vendrais cher cet affront aux couards qui, sans votre sauvegarde, n'auraient pas osé toucher mon corps de leurs mains ; mais, par respect et pour l'amour de vous, je me livre à votre merci; faites de moi selon votre plaisir. Me voici, seigneur, mais pitié pour la reine!»

Et Tristan s'incline et s'humilie à ses pieds.

«Pitié pour la reine, car s'il est un homme en ta maison assez hardi pour soutenir ce mensonge que je l'ai aimée d'amour coupable, il me trouvera debout devant lui en champ clos. Sire, grâce pour elle, au nom du Seigneur Dieu!»

Mais les trois barons l'ont lié de cordes, lui et la reine. Ah! s'il avait su qu'il ne serait pas admis à prouver son innocence en combat singulier, on l'eût démembré vif avant qu'il eût souffert d'être lié vilement.

Mais il se fiait en Dieu et savait qu'en champ clos nul n'oserait brandir une arme contre lui. Et, certes, il se fiait justement en Dieu. Quand il jurait qu'il n'avait jamais aimé la reine d'amour coupable, les félons riaient de l'insolente imposture. Mais je vous appelle, seigneurs, vous qui savez la vérité du philtre bu sur la mer et qui comprenez, disait-il mensonge? Ce n'est pas le fait qui prouve le crime, mais le jugement. Les hommes voient le fait, mais Dieu voit les cœurs, et, seul, il est vrai juge. Il a donc institué que tout homme accusé pourrait soutenir son droit par bataille, et lui-même combat avec l'innocent. C'est pourquoi Tristan réclamait justice et bataille et se garda de manquer en rien au roi Marc. Mais, s'il avait pu prévoir ce qui advint, il aurait tué les félons. Ah! Dieu! pourquoi ne les tua-t-il pas?

8

Le saut de la chapelle

> *Qui voit son cors et sa façon*
> *Trop par avroit le cuer félon*
> *Qui n'en avroit d'Iseut pitié.*
>
> BÉROUL.

Par la cité, dans la nuit noire, la nouvelle court : Tristan et la reine ont été saisis ; le roi veut les tuer. Riches bourgeois et petites gens, tous pleurent.

« Hélas ! nous devons bien pleurer ! Tristan, hardi baron, mourrez-vous donc par si laide traîtrise ? Et vous, reine franche, reine honorée, en quelle terre naîtra jamais fille de roi si belle, si chère ? C'est donc là, nain bossu, l'œuvre de tes devinailles ? Qu'il ne voie jamais la face de Dieu, celui qui, t'ayant trouvé, n'enfoncera pas son épieu dans ton corps ! Tristan, bel ami cher, quand le Morholt, venu pour ravir nos enfants, prit terre sur ce rivage, nul de nos barons n'osa armer contre lui, et tous se taisaient, pareils à des muets. Mais vous, Tristan, vous avez fait le combat pour nous tous, hommes de Cornouailles, et vous avez tué le Morholt ; et lui vous navra d'un épieu dont vous avez manqué mourir pour nous. Aujourd'hui, en souvenir de ces choses, devrions-nous consentir à votre mort ? »

Les plaintes, les cris montent par la cité, tous courent au

palais. Mais tel est le courroux du roi qu'il n'y a ni si fort ni si fier baron qui ose risquer une seule parole pour le fléchir.

Le jour approche, la nuit s'en va. Avant le soleil levé, Marc chevauche hors de la ville, au lieu où il avait coutume de tenir ses plaids et de juger. Il commande qu'on creuse une fosse en terre et qu'on y amasse des sarments noueux et tranchants et des épines blanches et noires, arrachées avec leurs racines.

À l'heure de prime, il fait crier un ban[1] par le pays pour convoquer aussitôt les hommes de Cornouailles. Ils s'assemblent à grand bruit; nul qui ne pleure, hormis le nain de Tintagel. Alors le roi leur parla ainsi :

« Seigneurs, j'ai fait dresser ce bûcher d'épines pour Tristan et pour la reine, car ils ont forfait. »

Mais tous lui crièrent :

« Jugement, roi ! le jugement d'abord, l'escondit et le plaid[2] ! Les tuer sans jugement, c'est honte et crime. Roi, répit et merci pour eux ! »

Marc répondit en sa colère :

« Non, ni répit, ni merci, ni plaid, ni jugement ! Par ce Seigneur qui créa le monde, si nul m'ose encore requérir de telle chose, il brûlera le premier sur ce brasier ! »

Il ordonne qu'on allume le feu et qu'on aille quérir au château Tristan d'abord.

Les épines flambent, tous se taisent, le roi attend.

Les valets ont couru jusqu'à la chambre où les amants sont étroitement gardés. Ils entraînent Tristan par ses mains

---

1. Proclamation publique du suzerain.
2. Ce sont deux termes de la langue juridique médiévale qui désignent respectivement un « aveu de culpabilité » et le « procès » ou la « plaidoirie ». Les vassaux réclament donc un procès régulier pour Tristan et Iseut.

liées de cordes. Par Dieu! ce fut vilenie de l'entraver ainsi!
Il pleure sous l'affront; mais de quoi lui servent ses larmes?
On l'emmène honteusement; et la reine s'écrie, presque
folle d'angoisse:

«Être tuée, ami, pour que vous soyez sauvé, ce serait
grande joie!»

Les gardes et Tristan descendent hors de la ville, vers le
bûcher. Mais, derrière eux, un cavalier se précipite, les
rejoint, saute à bas du destrier encore courant: c'est Dinas,
le bon sénéchal. Au bruit de l'aventure, il s'en venait de son
château de Lidan, et l'écume, la sueur et le sang ruisselaient
aux flancs de son cheval:

«Fils, je me hâte vers le plaid du roi. Dieu m'accordera
peut-être d'y ouvrir tel conseil qui vous aidera tous deux;
déjà il me permet du moins de te servir par une menue
courtoisie. Amis, dit-il aux valets, je veux que vous le meniez
sans ces entraves, — et Dinas trancha les cordes honteuses;
s'il essayait de fuir, ne tenez-vous pas vos épées?»

Il baise Tristan sur les lèvres, remonte en selle, et son
cheval l'emporte.

Or, écoutez comme le Seigneur Dieu est plein de pitié.
Lui qui ne veut pas la mort du pécheur, il reçut en gré les
larmes et la clameur des pauvres gens qui le suppliaient pour
les amants torturés. Près de la route où Tristan passait, au
faîte d'un roc et tournée vers la bise, une chapelle se dressait sur la mer.

Le mur du chevet était posé au ras d'une falaise, haute,
pierreuse, aux escarpements aigus; dans l'abside, sur le précipice, était une verrière, œuvre habile d'un saint. Tristan
dit à ceux qui le menaient:

«Seigneurs, voyez cette chapelle; permettez que j'y
entre. Ma mort est prochaine, je prierai Dieu qu'il ait merci
de moi, qui l'ai tant offensé. Seigneurs, la chapelle n'a d'autre

issue que celle-ci ; chacun de vous tient son épée ; vous savez bien que je ne puis passer que par cette porte, et quand j'aurai prié Dieu, il faudra bien que je me remette entre vos mains ! »

L'un des gardes dit :

« Nous pouvons bien le lui permettre. »

Ils le laissèrent entrer. Il court par la chapelle, franchit le chœur, parvient à la verrière de l'abside, saisit la fenêtre, l'ouvre et s'élance... Plutôt cette chute que la mort sur le bûcher, devant telle assemblée !

Mais sachez, seigneurs, que Dieu lui fit belle merci : le vent se prend en ses vêtements, le soulève, le dépose sur une large pierre au pied du rocher. Les gens de Cornouailles appellent encore cette pierre le « Saut de Tristan ».

Et devant l'église les autres l'attendaient toujours. Mais pour néant[1], car c'est Dieu maintenant qui l'a pris en sa garde. Il fuit : le sable meuble croule sous ses pas. Il tombe, se retourne, voit au loin le bûcher : la flamme bruit, la fumée monte. Il fuit.

L'épée ceinte, à bride abattue, Gorvenal s'était échappé de la cité : le roi l'aurait fait brûler en place de son seigneur. Il rejoignit Tristan sur la lande, et Tristan s'écria :

« Maître, Dieu m'a accordé sa merci. Ah ! chétif, à quoi bon ? Si je n'ai Iseut, rien ne me vaut. Que ne me suis-je plutôt brisé dans ma chute ! J'ai échappé, Iseut, et l'on va te tuer. On la brûle pour moi ; pour elle je mourrai aussi. »

Gorvenal lui dit :

« Beau sire, prenez réconfort, n'écoutez pas la colère. Voyez ce buisson épais, enclos d'un large fossé ; cachons-nous là : les gens passent nombreux sur cette route ; ils nous renseigneront, et, si l'on brûle Iseut, fils, je jure par Dieu,

---

1. Pour rien.

le fils de Marie, de ne jamais coucher sous un toit jusqu'au jour où nous l'aurons vengée.

— Beau maître, je n'ai pas mon épée.

— La voici, je te l'ai apportée.

— Bien, maître ; je ne crains plus rien, fors Dieu.

— Fils, j'ai encore sous ma gonelle telle chose qui te réjouira : ce haubert[1] solide et léger, qui pourra te servir.

— Donne, beau maître. Par ce Dieu en qui je crois, je vais maintenant délivrer mon amie.

— Non, ne te hâte point, dit Gorvenal. Dieu sans doute te réserve quelque plus sûre vengeance. Songe qu'il est hors de ton pouvoir d'approcher du bûcher ; les bourgeois l'entourent et craignent le roi ; tel voudrait bien ta délivrance, qui, le premier, te frappera. Fils, on dit bien : Folie n'est pas prouesse... Attends... »

Or, quand Tristan s'était précipité de la falaise, un pauvre homme de la gent menue l'avait vu se relever et fuir. Il avait couru vers Tintagel et s'était glissé jusqu'en la chambre d'Iseut :

« Reine, ne pleurez plus. Votre ami s'est échappé !

— Dieu, dit-elle, en soit remercié ! Maintenant, qu'ils me lient ou qu'ils me délient, qu'ils m'épargnent ou qu'ils me tuent, je n'en ai plus souci ! »

Or, les félons avaient si cruellement serré les cordes de ses poignets que le sang jaillissait. Mais, souriante, elle dit :

« Si je pleurais pour cette souffrance, alors qu'en sa bonté Dieu vient d'arracher mon ami à ces félons, certes, je ne vaudrais guère ! »

Quand la nouvelle parvint au roi que Tristan s'était échappé par la verrière, il blêmit de courroux et commanda à ses hommes de lui amener Iseut.

---

1. Terme qui désigne une partie de l'armement de l'homme d'armes médiéval. Il s'agit d'une longue chemise en mailles d'acier.

On l'entraîne ; hors de la salle, sur le seuil, elle apparaît ; elle tend ses mains délicates, d'où le sang coule. Une clameur monte par la rue : « Ô Dieu, pitié pour elle ! Reine franche, reine honorée, quel deuil ont jeté sur cette terre ceux qui vous ont livrée ! Malédiction sur eux ! »

La reine est traînée jusqu'au bûcher d'épines, qui flambe. Alors, Dinas, seigneur de Lidan, se laissa choir aux pieds du roi :

« Sire, écoute-moi : je t'ai servi longuement, sans vilenie, en loyauté, sans en retirer nul profit : car il n'est pas un pauvre homme, ni un orphelin, ni une vieille femme, qui me donnerait un denier de ta sénéchaussée, que j'ai tenue toute ma vie. En récompense, accorde-moi que tu recevras la reine à merci. Tu veux la brûler sans jugement : c'est forfaire, puisqu'elle ne reconnaît pas le crime dont tu l'accuses. Songesy, d'ailleurs. Si tu brûles son corps, il n'y aura plus de sûreté sur ta terre : Tristan s'est échappé ; il connaît bien les plaines, les bois, les gués, les passages, et il est hardi. Certes, tu es son oncle, et il ne s'attaquera pas à toi ; mais tous les barons, tes vassaux, qu'il pourra surprendre, il les tuera. »

Et les quatre félons pâlissent à l'entendre : déjà ils voient Tristan embusqué, qui les guette.

« Roi, dit le sénéchal, s'il est vrai que je t'ai bien servi toute ma vie, livre-moi Iseut ; je répondrai d'elle comme son garde et son garant. »

Mais le roi prit Dinas par la main et jura par le nom des saints qu'il ferait immédiate justice.

Alors Dinas se releva :

« Roi, je m'en retourne à Lidan et je renonce à votre service [1]. »

---

1. C'est un terme clé pour la féodalité ; renoncer au service de quelqu'un, c'est se dégager des liens vassaliques par rapport à son suzerain.

Iseut lui sourit tristement. Il monte sur son destrier et s'éloigne, marri [1] et morne, le front baissé.

Iseut se tient debout devant la flamme. La foule, à l'entour, crie, maudit le roi, maudit les traîtres. Les larmes coulent le long de sa face. Elle est vêtue d'un étroit bliaut gris, où court un filet d'or menu ; un fil d'or est tressé dans ses cheveux, qui tombent jusqu'à ses pieds. Qui pourrait la voir si belle sans la prendre en pitié aurait un cœur de félon. Dieu ! comme ses bras sont étroitement liés !

Or, cent lépreux, déformés, la chair rongée et toute blanchâtre, accourus sur leurs béquilles au claquement des crécelles, se pressaient devant le bûcher, et, sous leurs paupières enflées, leurs yeux sanglants jouissaient du spectacle.

Yvain, le plus hideux des malades, cria au roi d'une voix aiguë :

« Sire, tu veux jeter ta femme en ce brasier, c'est bonne justice, mais trop brève. Ce grand feu l'aura vite brûlée, ce grand vent aura vite dispersé sa cendre. Et, quand cette flamme tombera tout à l'heure, sa peine sera finie. Veux-tu que je t'enseigne pire châtiment, en sorte qu'elle vive, mais à grand déshonneur, et toujours souhaitant la mort ? Roi, le veux-tu ? »

Le roi répondit :

« Oui, la vie pour elle, mais à grand déshonneur et pire que la mort... Qui m'enseignera un tel supplice, je l'en aimerai mieux.

— Sire, je te dirai donc brièvement ma pensée. Vois, j'ai là cent compagnons. Donne-nous Iseut, et qu'elle nous soit commune ! Le mal attise nos désirs. Donne-la à tes lépreux, jamais dame n'aura fait pire fin. Vois, nos haillons sont col-

---

1. Affligé (vieilli et littéraire).

lés à nos plaies, qui suintent. Elle qui, près de toi, se plaisait aux riches étoffes fourrées de vair, aux joyaux, aux salles parées de marbre, elle qui jouissait des bons vins, de l'honneur, de la joie, quand elle verra la cour de tes lépreux, quand il lui faudra entrer sous nos taudis bas et coucher avec nous, alors Iseut la Belle, la Blonde, reconnaîtra son péché et regrettera ce beau feu d'épines ! »

Le roi l'entend, se lève, et longuement reste immobile. Enfin, il court vers la reine et la saisit par la main. Elle crie :

« Par pitié, sire, brûlez-moi plutôt, brûlez-moi ! »

Le roi la livre. Yvain la prend et les cent malades se pressent autour d'elle. À les entendre crier et glapir, tous les cœurs se fondent de pitié ; mais Yvain est joyeux ; Iseut s'en va, Yvain l'emmène. Hors de la cité descend le hideux cortège.

Ils ont pris la route où Tristan est embusqué. Gorvenal jette un cri :

« Fils, que feras-tu ? Voici ton amie ! »

Tristan pousse son cheval hors du fourré :

« Yvain, tu lui as assez longtemps fait compagnie ; laisse-la maintenant, si tu veux vivre ! »

Mais Yvain dégrafe son manteau.

« Hardi, compagnons ! À vos bâtons ! À vos béquilles ! C'est l'instant de montrer sa prouesse ! »

Alors, il fit beau voir les lépreux rejeter leurs chapes, se camper sur leurs pieds malades, souffler, crier, brandir leurs béquilles : l'un menace et l'autre grogne. Mais il répugnait à Tristan de les frapper ; les conteurs prétendent que Tristan tua Yvain : c'est dire vilenie ; non, il était trop preux [1] pour occire telle engeance. Mais Gorvenal, ayant arraché une

---

1. Adjectif laudatif polysémique très employé pour qualifier une personne de grande valeur ou de grande sagesse, mais aussi de grande bravoure dans le domaine du combat.

forte pousse de chêne, l'assena sur le crâne d'Yvain ; le sang
noir jaillit et coula jusqu'à ses pieds difformes.

Tristan reprit la reine : désormais, elle ne sent plus nul
mal. Il trancha les cordes de ses bras, et, quittant la plaine,
ils s'enfoncèrent dans la forêt du Morois. Là, dans les grands
bois, Tristan se sent en sûreté comme derrière la muraille
d'un fort château.

Quand le soleil pencha, ils s'arrêtèrent au pied d'un
mont ; la peur avait lassé la reine ; elle reposa sa tête sur le
corps de Tristan et s'endormit.

Au matin, Gorvenal déroba à un forestier son arc et deux
flèches bien empennées et barbelées et les donna à Tristan,
le bon archer, qui surprit un chevreuil et le tua. Gorvenal
fit un amas de branches sèches, battit le fusil, fit jaillir l'étin-
celle et alluma un grand feu pour cuire la venaison ; Tristan
coupa des branchages, construisit une hutte et la recouvrit
de feuillée ; Iseut la joncha d'herbes épaisses.

Alors, au fond de la forêt sauvage, commença pour les
fugitifs l'âpre vie, aimée pourtant.

9

La forêt du Morois

> *« Nous avons perdu le monde, et le monde, nous;*
> *que vous en samble, Tristan, ami? — Amie, quand*
> *je vous ai avec moi, que me fault-il dont? Se tous li*
> *mondes estoit orendroit avec nous, je ne verroie fors*
> *vous seule. »*
>
> Roman en prose de Tristan.

Au fond de la forêt sauvage, à grand ahan [1], comme des
bêtes traquées, ils errent, et rarement osent revenir le soir
au gîte de la veille. Ils ne mangent que la chair des fauves et
regrettent le goût du sel. Leurs visages amaigris se font
blêmes, leurs vêtements tombent en haillons, déchirés par
les ronces. Ils s'aiment, ils ne souffrent pas.

Un jour, comme ils parcouraient ces grands bois qui
n'avaient jamais été abattus, ils arrivèrent par aventure à
l'ermitage du Frère Ogrin.

Au soleil, sous un bois léger d'érables, auprès de sa chapelle, le vieil homme, appuyé sur sa béquille, allait à pas
menus.

« Sire Tristan, s'écria-t-il, sachez quel grand serment ont
juré les hommes de Cornouailles. Le roi a fait crier un ban

---

1. Peine, effort physique (terme vieux et rare).

par toutes les paroisses. Qui se saisira de vous recevra cent
marcs d'or pour son salaire, et tous les barons ont juré de
vous livrer mort ou vif. Repentez-vous, Tristan! Dieu par-
donne au pécheur qui vient à repentance.

— Me repentir, sire Ogrin? De quel crime? Vous qui
nous jugez, savez-vous quel boire nous avons bu sur la mer?
Oui, la bonne liqueur nous enivre, et j'aimerais mieux men-
dier toute ma vie par les routes et vivre d'herbes et de
racines avec Iseut, que sans elle être roi d'un beau royaume.

— Sire Tristan, Dieu vous soit en aide, car vous avez
perdu ce monde-ci et l'autre. Le traître à son seigneur, on
doit le faire écarteler par deux chevaux, le brûler sur un
bûcher, et là où sa cendre tombe, il ne croît plus d'herbe
et le labour reste inutile; les arbres, la verdure y dépéris-
sent. Tristan, rendez la reine à celui qu'elle a épousé selon
la loi de Rome!

— Elle n'est plus à lui; il l'a donnée à ses lépreux; c'est
sur les lépreux que je l'ai conquise. Désormais, elle est
mienne; je ne puis me séparer d'elle, ni elle de moi. ».

Ogrin s'était assis; à ses pieds, Iseut pleurait, la tête sur
les genoux de l'homme qui souffre pour Dieu. L'ermite lui
redisait les saintes paroles du Livre; mais, toute pleurante,
elle secouait la tête et refusait de le croire.

« Hélas! dit Ogrin, quel réconfort peut-on donner à des
morts? Repens-toi, Tristan, car celui qui vit dans le péché
sans repentir est un mort.

— Non, je vis et ne me repens pas. Nous retournons à
la forêt, qui nous protège et nous garde. Viens, Iseut,
amie! »

Iseut se releva; ils se prirent par les mains. Ils entrèrent
dans les hautes herbes et les bruyères; les arbres refermè-
rent sur eux leurs branchages; ils disparurent derrière les
frondaisons.

Écoutez, seigneurs, une belle aventure. Tristan avait nourri un chien, un brachet, beau, vif, léger à la course : ni comte, ni roi n'a son pareil pour la chasse à l'arc. On l'appelait Husdent. Il avait fallu l'enfermer dans le donjon, entravé par un billot suspendu à son cou ; depuis le jour où il avait cessé de voir son maître, il refusait toute pitance, grattant la terre du pied, pleurait des yeux, hurlait. Plusieurs en eurent compassion.

« Husdent, disaient-ils, nulle bête n'a su si bien aimer que toi ; oui, Salomon a dit sagement : "Mon ami vrai, c'est mon lévrier." »

Et le roi Marc, se rappelant les jours passés, songeait en son cœur : « Ce chien montre grand sens à pleurer ainsi son seigneur : car y a-t-il personne par toute la Cornouailles qui vaille Tristan ? »

Trois barons vinrent au roi :

« Sire, faites délier Husdent : nous saurons bien s'il mène tel deuil par regret de son maître ; si non, vous le verrez, à peine détaché, la gueule ouverte, la langue au vent, poursuivre, pour les mordre, gens et bêtes. »

On le délie. Il bondit par la porte et court à la chambre où naguère il trouvait Tristan. Il gronde, gémit, cherche, découvre enfin la trace de son seigneur. Il parcourt pas à pas la route que Tristan a suivie vers le bûcher. Chacun le suit. Il jappe clair et grimpe vers la falaise. Le voici dans la chapelle, et qui bondit sur l'autel ; soudain il se jette par la verrière, tombe au pied du rocher, reprend la piste sur la grève, s'arrête un instant dans le bois fleuri où Tristan s'était embusqué, puis repart vers la forêt. Nul ne le voit qui n'en ait pitié.

« Beau roi, dirent alors les chevaliers, cessons de le suivre ; il nous pourrait mener en tel lieu d'où le retour serait malaisé. »

Ils le laissèrent et s'en revinrent. Sous bois, le chien donna de la voix et la forêt en retentit. De loin, Tristan, la reine et Gorvenal l'ont entendu : «C'est Husdent!» Ils s'effrayent : sans doute le roi les poursuit ; ainsi il les fait relancer comme des fauves par des limiers[1]!... Ils s'enfoncent sous un fourré. À la lisière, Tristan se dresse, son arc bandé. Mais quand Husdent eut vu et reconnu son seigneur, il bondit jusqu'à lui, remua sa tête et sa queue, ploya l'échine, se roula en cercle. Qui vit jamais telle joie ? Puis il courut à Iseut la Blonde, à Gorvenal, et fit fête aussi au cheval. Tristan en eut grande pitié :

«Hélas! par quel malheur nous a-t-il retrouvés ? Que peut faire de ce chien, qui ne sait se tenir coi, un homme harcelé ? Par les plaines et par les bois, par toute sa terre, le roi nous traque : Husdent nous trahira par ses aboiements. Ah! c'est par amour et par noblesse de nature qu'il est venu chercher la mort. Il faut nous garder pourtant. Que faire ? Conseillez-moi. »

Iseut flatta Husdent de la main et dit :

«Sire, épargnez-le! J'ai ouï parler d'un forestier gallois qui avait habitué son chien à suivre, sans aboyer, la trace de sang des cerfs blessés. Ami Tristan, quelle joie si on réussissait, en y mettant sa peine, à dresser ainsi Husdent! »

Il y songea un instant, tandis que le chien léchait les mains d'Iseut. Tristan eut pitié et dit :

«Je veux essayer ; il m'est trop dur de le tuer. »

Bientôt Tristan se met en chasse, déloge un daim, le blesse d'une flèche. Le brachet veut s'élancer sur la voie du daim, et crie si haut que le bois en résonne. Tristan le fait taire en le frappant ; Husdent lève la tête vers son maître, s'étonne, n'ose plus crier, abandonne la trace ; Tristan le met sous lui, puis bat sa botte de sa baguette de châtaignier, comme font les veneurs pour exciter les chiens ; à ce signal,

---

1. Chiens dressés pour la chasse.

Husdent veut crier encore, et Tristan le corrige. En l'enseignant ainsi, au bout d'un mois à peine, il l'eut dressé à chasser à la muette : quand sa flèche avait blessé un chevreuil ou un daim, Husdent, sans jamais donner de la voix, suivait la trace sur la neige, la glace ou l'herbe ; s'il atteignait la bête sous bois, il savait marquer la place en y portant des branchages ; s'il la prenait sur la lande, il amassait des herbes sur le corps abattu et revenait, sans un aboi, chercher son maître.

L'été s'en va, l'hiver est venu. Les amants vécurent tapis dans le creux d'un rocher : et sur le sol durci par la froidure, les glaçons hérissaient leur lit de feuilles mortes. Par la puissance de leur amour, ni l'un ni l'autre ne sentit sa misère.

Mais quand revint le temps clair, ils dressèrent sous les grands arbres leur hutte de branches reverdies. Tristan savait d'enfance l'art de contrefaire le chant des oiseaux des bois ; à son gré, il imitait le loriot, la mésange, le rossignol et toute la gent ailée ; et, parfois, sur les branches de la hutte, venus à son appel, des oiseaux nombreux, le cou gonflé, chantaient leurs lais dans la lumière.

Les amants ne fuyaient plus par la forêt, sans cesse errants ; car nul des barons ne se risquait à les poursuivre, connaissant que Tristan les eût pendus aux branches des arbres. Un jour, pourtant, l'un des quatre traîtres, Guenelon, que Dieu maudisse ! entraîné par l'ardeur de la chasse, osa s'aventurer aux alentours du Morois. Ce matin-là, sur la lisière de la forêt, au creux d'une ravine, Gorvenal, ayant enlevé la selle de son destrier, lui laissait paître l'herbe nouvelle ; là-bas, dans la loge de feuillage, sur la jonchée fleurie, Tristan tenait la reine étroitement embrassée, et tous deux dormaient.

Tout à coup, Gorvenal entendit le bruit d'une meute : à grande allure les chiens lançaient un cerf, qui se jeta au ravin. Au loin, sur la lande, apparut un veneur ; Gorvenal le reconnut : c'était Guenelon, l'homme que son seigneur haïssait entre tous. Seul, sans écuyer, les éperons aux flancs saignants de son destrier et lui cinglant l'encolure, il accourait. Embusqué derrière un arbre, Gorvenal le guette : il vient vite, il sera plus lent à s'en retourner.

Il passe. Gorvenal bondit de l'embuscade, saisit le frein, et, revoyant à cet instant tout le mal que l'homme avait fait, l'abat, le démembre tout, et s'en va, emportant la tête tranchée.

Là-bas, dans la loge de feuillée, sur la jonchée fleurie, Tristan et la reine dormaient, étroitement embrassés. Gorvenal y vint sans bruit, la tête du mort à la main.

Lorsque les veneurs trouvèrent sous l'arbre le tronc sans tête, éperdus, comme si déjà Tristan les poursuivait, ils s'enfuirent, craignant la mort. Depuis, l'on ne vint plus guère chasser dans ce bois.

Pour réjouir au réveil le cœur de son seigneur, Gorvenal attacha, par les cheveux, la tête à la fourche de la hutte : la ramée épaisse l'enguirlandait.

Tristan s'éveilla et vit, à demi cachée derrière les feuilles, la tête qui le regardait. Il reconnaît Guenelon ; il se dresse sur ses pieds, effrayé. Mais son maître lui crie :

« Rassure-toi, il est mort. Je l'ai tué de cette épée. Fils, c'était ton ennemi ! »

Et Tristan se réjouit ; celui qu'il haïssait, Guenelon, est occis.

Désormais, nul n'osa plus pénétrer dans la forêt sauvage : l'effroi en garde rentrée et les amants y sont maîtres. C'est alors que Tristan façonna l'arc Qui-ne-faut, lequel atteignait toujours le but, homme ou bête, à l'endroit visé.

Seigneurs, c'était un jour d'été, au temps où l'on mois-
sonne, un peu après la Pentecôte, et les oiseaux à la rosée
chantaient l'aube prochaine. Tristan sortit de la hutte, ceignit son épée, apprêta l'arc Qui-ne-faut et, seul, s'en fut
chassé par le bois. Avant que descende le soir, une grande
peine lui adviendra. Non, jamais amants ne s'aimèrent tant
et ne l'expièrent si durement.

Quand Tristan revint de la chasse, accablé par la lourde
chaleur, il prit la reine entre ses bras.

« Ami, où avez-vous été ?

— Après un cerf qui m'a tout lassé. Vois, la sueur coule
de mes membres, je voudrais me coucher et dormir. »

Sous la loge de verts rameaux, jonchée d'herbes fraîches,
Iseut s'étendit la première. Tristan se coucha près d'elle et
déposa son épée nue entre leurs corps. Pour leur bonheur,
ils avaient gardé leurs vêtements. La reine avait au doigt l'anneau d'or aux belles émeraudes que Marc lui avait donné
au jour des épousailles ; ses doigts étaient devenus si grêles,
que la bague y tenait à peine. Ils dormaient ainsi, l'un des
bras de Tristan passé sous le cou de son amie, l'autre jeté
sur son beau corps, étroitement embrassés ; mais leurs
lèvres ne se touchaient point. Pas un souffle de brise, pas
une feuille qui tremble. À travers le toit de feuillage, un
rayon de soleil descendait sur le visage d'Iseut, qui brillait
comme un glaçon.

Or, un forestier trouva dans le bois une place où les
herbes étaient foulées ; la veille, les amants s'étaient cou-
chés là ; mais il ne reconnut pas l'empreinte de leurs corps,
suivit la trace et parvint à leur gîte. Il les vit qui dormaient,
les reconnut et s'enfuit, craignant le réveil terrible de Tristan. Il s'enfuit jusqu'à Tintagel, à deux lieues de là, monta
les degrés de la salle, et trouva le roi qui tenait ses plaids
au milieu de ses vassaux assemblés.

« Ami, que viens-tu quérir céans, hors d'haleine comme

je te vois ? On dirait un valet de limiers qui a longtemps couru après les chiens. Veux-tu, toi aussi, nous demander raison de quelque tort ? Qui t'a chassé de ma forêt ?»

Le forestier le prit à l'écart et, tout bas, lui dit :

«J'ai vu la reine et Tristan. Ils dormaient, j'ai pris peur.

— En quel lieu ?

— Dans une hutte du Morois. Ils dorment aux bras l'un de l'autre. Viens tôt, si tu veux prendre ta vengeance.

— Va m'attendre à l'entrée du bois, au pied de la Croix Rouge. Ne parle à nul homme de ce que tu as vu ; je te donnerai de l'or et de l'argent, tant que tu en voudras prendre.»

Le forestier y va et s'assied sous la Croix Rouge. Maudit soit l'espion ! Mais il mourra honteusement, comme cette histoire vous le dira tout à l'heure.

Le roi fit seller son cheval, ceignit son épée, et, sans nulle compagnie, s'échappa de la cité. Tout en chevauchant, seul, il se ressouvint de la nuit où il avait saisi son neveu : quelle tendresse avait alors montrée pour Tristan Iseut la Belle, au visage clair ! S'il les surprend, il châtiera ces grands péchés ; il se vengera de ceux qui l'ont honni...

À la Croix Rouge, il trouva le forestier :

«Va devant ; mène-moi vite et droit.»

L'ombre noire des grands arbres les enveloppe. Le roi suit l'espion. Il se fie à son épée, qui jadis a frappé de beaux coups. Ah ! si Tristan s'éveille, l'un des deux, Dieu sait lequel ! restera mort sur la place. Enfin le forestier dit tout bas :

«Roi, nous approchons.»

Il lui tint l'étrier et lia les rênes du cheval aux branches d'un pommier vert. Ils approchèrent encore, et soudain, dans une clairière ensoleillée, virent la hutte fleurie.

Le roi délace son manteau aux attaches d'or fin, le rejette, et son beau corps apparaît. Il tire son épée hors de la gaine, et redit en son cœur qu'il veut mourir s'il ne les tue. Le forestier le suivait ; il lui fait signe de s'en retourner.

Il pénètre, seul, sous la hutte, l'épée nue, et la brandit... Ah ! quel deuil s'il assène ce coup ! Mais il remarqua que leurs bouches ne se touchaient pas et qu'une épée nue séparait leurs corps :

« Dieu ! se dit-il, que vois-je ici ? Faut-il les tuer ? Depuis si longtemps qu'ils vivent en ce bois, s'ils s'aimaient de fol amour, auraient-ils placé cette épée entre eux ? Et chacun ne sait-il pas qu'une lame nue, qui sépare deux corps, est garante et gardienne de chasteté ? S'ils s'aimaient de fol amour, reposeraient-ils si purement ? Non, je ne les tuerai pas ; ce serait grand péché de les frapper ; et si j'éveillais ce dormeur et que l'un de nous deux fût tué, on en parlerait longtemps, et pour notre honte. Mais je ferai qu'à leur réveil ils sachent que je les ai trouvés endormis, que je n'ai pas voulu leur mort, et que Dieu les a pris en pitié. »

Le soleil, traversant la hutte, brûlait la face blanche d'Iseut. Le roi prit ses gants parés d'hermine : « C'est elle, songeait-il, qui, naguère, me les apporta d'Irlande !... » Il les plaça dans le feuillage pour fermer le trou par où le rayon descendait ; puis il retira doucement la bague aux pierres d'émeraude qu'il avait donnée à la reine ; naguère il avait fallu forcer un peu pour la lui passer au doigt ; maintenant ses doigts étaient si grêles que la bague vint sans effort : à la place, le roi mit l'anneau dont Iseut, jadis, lui avait fait présent. Puis il enleva l'épée qui séparait les amants, celle-là même — il la reconnut — qui s'était ébréchée dans le crâne du Morholt, posa la sienne à la place, sortit de la loge, sauta en selle, et dit au forestier :

« Fuis maintenant, et sauve ton corps, si tu peux ! »

Or, Iseut eut une vision dans son sommeil : elle était sous une riche tente, au milieu d'un grand bois. Deux lions s'élançaient sur elle et se battaient pour l'avoir... Elle jeta un cri et s'éveilla : les gants parés d'hermine blanche tombèrent sur son sein. Au cri, Tristan se dressa en pieds, voulut ramasser son épée et reconnut, à sa garde d'or, celle du roi. Et la reine vit à son doigt l'anneau de Marc. Elle s'écria :

« Sire, malheur à nous ! Le roi nous a surpris !

— Oui, dit Tristan, il a emporté mon épée ; il était seul, il a pris peur, il est allé chercher du renfort ; il reviendra, nous fera brûler devant tout le peuple. Fuyons !... »

Et, à grandes journées, accompagnés de Gorvenal, ils s'enfuirent vers la terre de Galles, jusqu'aux confins de la forêt du Morois. Que de tortures amour leur aura causées !

10

L'ermite Ogrin

Aspre vie meinent et dure :
Tant s'entraiment de bone amor
L'uns por l'autre ne sent dolor.

BÉROUL.

À trois jours de là, comme Tristan avait longuement suivi
les erres d'un cerf blessé, la nuit tomba, et sous le bois obscur, il se prit à songer :

« Non, ce n'est point par crainte que le roi nous a épargnés. Il avait pris mon épée, je dormais, j'étais à sa merci, il
pouvait frapper ; à quoi bon du renfort ? Et s'il voulait me
prendre vif, pourquoi, m'ayant désarmé, m'aurait-il laissé sa
propre épée ? Ah ! je t'ai reconnu, père : non par peur, mais
par tendresse et par pitié, tu as voulu nous pardonner. Nous
pardonner ? Qui donc pourrait, sans s'avilir, remettre un tel
forfait ? Non, il n'a point pardonné, mais il a compris. Il a
connu qu'au bûcher, au saut de la chapelle, à l'embuscade
contre les lépreux, Dieu nous avait pris en sa sauvegarde.
Il s'est alors rappelé l'enfant qui, jadis, harpait à ses pieds,
et ma terre de Loonnois, abandonnée pour lui, et l'épieu du
Morholt, et le sang versé pour son honneur. Il s'est rappelé
que je n'avais pas reconnu mon tort, mais vainement
réclamé jugement, droit et bataille, et la noblesse de son

cœur l'a incliné à comprendre les choses qu'autour de lui
ses hommes ne comprennent pas : non qu'il sache ni jamais
puisse savoir la vérité de notre amour ; mais il doute, il
espère, il sent que je n'ai pas dit mensonge, il désire que
par jugement je prouve mon droit. Ah ! bel oncle, vaincre
en bataille par l'aide de Dieu, gagner votre paix, et, pour
vous, revêtir encore le haubert et le heaume ! Qu'ai-je
pensé ? Il reprendrait Iseut : je la lui livrerais ? Que ne m'a-
t-il égorgé plutôt dans mon sommeil ! Naguère, traqué par
lui, je pouvais le haïr et l'oublier : il avait abandonné Iseut
aux malades ; elle n'était plus à lui, elle était mienne. Voici
que par sa compassion il a réveillé ma tendresse et reconquis la reine. La reine ? Elle était reine près de lui, et dans
ce bois elle vit comme une serve. Qu'ai-je fait de sa jeunesse ? Au lieu de ses chambres tendues de draps de soie,
je lui donne cette forêt sauvage ; une hutte, au lieu de ses
belles courtines ; et c'est pour moi qu'elle suit cette route
mauvaise. Au seigneur Dieu, roi du monde, je crie merci et
je le supplie qu'il me donne la force de rendre Iseut au roi
Marc. N'est-elle pas sa femme, épousée selon la loi de
Rome, devant tous les riches hommes de sa terre ? »

Tristan s'appuie sur son arc, et longuement se lamente
dans la nuit.

Dans le fourré clos de ronces qui leur servait de gîte,
Iseut la Blonde attendait le retour de Tristan. À la clarté
d'un rayon de lune, elle vit luire à son doigt l'anneau d'or
que Marc y avait glissé. Elle songea :

« Celui qui par belle courtoisie m'a donné cet anneau d'or
n'est pas l'homme irrité qui me livrait aux lépreux ; non,
c'est le seigneur compatissant qui, du jour où j'ai abordé sur
sa terre, m'accueillit et me protégea. Comme il aimait Tristan ! Mais je suis venue, et qu'ai-je fait ? Tristan ne devrait-
il pas vivre au palais du roi, avec cent damoiseaux autour
de lui, qui seraient de sa mesnie et le serviraient pour être

armés chevaliers ? Ne devrait-il pas, chevauchant par les cours et les baronnies, chercher soudées et aventures ? Mais, pour moi, il oublie toute chevalerie, exilé de la cour, pourchassé dans ce bois, menant cette vie sauvage !... ».

Elle entendit alors sur les feuilles et les branches mortes s'approcher le pas de Tristan. Elle vint à sa rencontre comme à son ordinaire, pour lui prendre ses armes. Elle lui enleva des mains l'arc Qui-ne-faut et ses flèches, et dénoua les attaches de son épée.

« Amie, dit Tristan, c'est l'épée du roi Marc. Elle devait nous égorger, elle nous a épargnés. »

Iseut prit l'épée, en baisa la garde d'or ; et Tristan vit qu'elle pleurait.

« Amie, dit-il, si je pouvais faire accord avec le roi Marc ! S'il m'admettait à soutenir par bataille que jamais, ni en fait, ni en paroles, je ne vous aimais d'amour coupable, tout chevalier de son royaume depuis Lidan jusqu'à Durham qui m'oserait contredire me trouverait armé en champ clos. Puis, si le roi voulait souffrir de me garder en sa mesnie, je le servirais à grand honneur, comme mon seigneur et mon père ; et, s'il préférait m'éloigner et vous garder, je passerais en Frise ou en Bretagne, avec Gorvenal comme seul compagnon. Mais partout où j'irais, reine, et toujours, je resterais vôtre, Iseut, je ne songerais pas à cette séparation, n'était la dure misère que vous supportez pour moi depuis si longtemps, belle, en cette terre déserte.

— Tristan, qu'il vous souvienne de l'ermite Ogrin dans son bocage ! Retournons vers lui, et puissions-nous crier merci au puissant roi céleste, Tristan, ami ! »

Ils éveillèrent Gorvenal ; Iseut monta sur le cheval, que Tristan conduisit par le frein, et, toute la nuit, traversant pour la dernière fois les bois aimés, ils cheminèrent sans une parole.

Au matin, ils prirent du repos, puis marchèrent encore, tant qu'ils parvinrent à l'ermitage. Au seuil de sa chapelle, Ogrin lisait en un livre. Il les vit, et, de loin, les appela tendrement :

« Amis ! comme amour vous traque de misère en misère ! Combien durera votre folie ? Courage ! repentez-vous enfin ! »

Tristan lui dit :

« Écoutez, sire Ogrin. Aidez-nous pour offrir un accord au roi. Je lui rendrais la reine. Puis, je m'en irais au loin, en Bretagne ou en Frise ; un jour, si le roi voulait me souffrir près de lui, je reviendrais et le servirais comme je dois. »

Inclinée aux pieds de l'ermite, Iseut dit à son tour, dolente :

« Je ne vivrai plus ainsi. Je ne dis pas que je me repente d'avoir aimé et d'aimer Tristan, encore et toujours ; mais nos corps, du moins, seront désormais séparés. »

L'ermite pleura et adora Dieu : « Dieu, beau roi tout-puissant ! Je vous rends grâces de m'avoir laissé vivre assez longtemps pour venir en aide à ceux-ci ! » Il les conseilla sagement, puis il prit de l'encre et du parchemin et écrivit un bref où Tristan offrait un accord au roi. Quand il y eut écrit toutes les paroles que Tristan lui dit, celui-ci les scella de son anneau.

« Qui portera ce bref ? demanda l'ermite.

— Je le porterai moi-même.

— Non, sire Tristan, vous ne tenterez point cette chevauchée hasardeuse ; j'irai pour vous, je connais bien les êtres du château.

— Laissez, beau sire Ogrin ; la reine restera en votre ermitage ; à la tombée de la nuit, j'irai avec mon écuyer, qui gardera mon cheval. »

Quand l'obscurité descendit sur la forêt, Tristan se mit en route avec Gorvenal. Aux portes de Tintagel, il le quitta.

Sur les murs, les guetteurs sonnaient leurs trompes. Il se coula dans le fossé et traversa la ville au péril de son corps. Il franchit comme autrefois les palissades aiguës du verger, revit le perron de marbre, la fontaine et le grand pin, et s'approcha de la fenêtre derrière laquelle le roi dormait. Il l'appela doucement. Marc s'éveilla :

« Qui es-tu, toi qui m'appelles dans la nuit, à pareille heure ?

— Sire, je suis Tristan, je vous apporte un bref ; je le laisse là, sur le grillage de cette fenêtre. Faites attacher votre réponse à la branche de la Croix Rouge.

— Pour l'amour de Dieu, beau neveu, attends-moi ! »

Il s'élança sur le seuil, et, par trois fois, cria dans la nuit :

« Tristan ! Tristan ! Tristan, mon fils ! »

Mais Tristan avait fui. Il rejoignit son écuyer et, d'un bond léger, se mit en selle :

« Fou ! dit Gorvenal, hâte-toi, fuyons par ce chemin. »

Ils parvinrent enfin à l'ermitage où ils trouvèrent, les attendant, l'ermite qui priait, Iseut qui pleurait.

11

Le Gué Aventureux

> *Oyez, vous tous qui passez par la voie,*
> *Venez çà, chascun de vous voie*
> *S'il est douleur fors que la moie :*
> *C'est Tristan que la mort mestroie,*
>
> LE LAI MORTEL.

Marc fit éveiller son chapelain et lui tendit la lettre. Le clerc brisa la cire et salua d'abord le roi au nom de Tristan ; puis, ayant habilement déchiffré les paroles écrites, il lui rapporta ce que Tristan lui mandait. Marc l'écouta sans mot dire et se réjouissait en son cœur, car il aimait encore la reine.

Il convoqua nommément les plus prisés de ses barons, et, quand ils furent tous assemblés, ils firent silence et le roi parla :

« Seigneurs, j'ai reçu ce bref. Je suis roi sur vous, et vous êtes mes féaux. Écoutez les choses qui me sont mandées ; puis conseillez-moi, je vous en requiers, puisque vous me devez le conseil. »

Le chapelain se leva, délia le bref de ses deux mains, et, debout devant le roi :

« Seigneurs, dit-il, Tristan mande d'abord salut et amour au roi et à toute sa baronnie. « Roi, ajoute-t-il, quand j'ai eu tué le dragon et que j'eus conquis la fille du roi d'Irlande, c'est à moi qu'elle fut donnée ; j'étais maître de la garder, mais je ne l'ai point voulu : je l'ai amenée en votre contrée et vous l'ai livrée. Pourtant, à peine l'aviez-vous prise pour femme, des félons vous firent accroire leurs mensonges. En votre colère, bel oncle, mon seigneur, vous avez voulu nous faire brûler sans jugement. Mais Dieu a été pris de compassion : nous l'avons supplié, il a sauvé la reine, et ce fut justice ; moi aussi, en me précipitant d'un rocher élevé, j'échappai, par la puissance de Dieu. Qu'ai-je fait depuis, que l'on puisse blâmer ? La reine était livrée aux malades, je suis venu à sa rescousse, je l'ai emportée : pouvais-je donc manquer en ce besoin à celle qui avait failli mourir, innocente, à cause de moi ? J'ai fui avec elle par les bois : pouvais-je donc, pour vous la rendre, sortir de la forêt et descendre dans la plaine ? N'aviez-vous pas commandé qu'on nous prît morts ou vifs ? Mais, aujourd'hui comme alors, je suis prêt, beau sire, à donner mon gage et à soutenir contre tout venant par bataille que jamais la reine n'eut pour moi, ni moi pour la reine, d'amour qui vous fût une offense. Ordonnez le combat : je ne récuse nul adversaire, et, si je ne puis prouver mon droit, faites-moi brûler devant vos hommes. Mais si je triomphe et qu'il vous plaise de reprendre Iseut au clair visage, nul de vos barons ne vous servira mieux que moi ; si, au contraire, vous n'avez cure de mon service, je passerai la mer, j'irai m'offrir au roi de Gavoie ou au roi de Frise, et vous n'entendrez plus jamais parler de moi. Sire, prenez conseil, et, si vous ne consentez à nul accord, je ramènerai Iseut en Irlande, où je l'ai prise ; elle sera reine en son pays. »

Quand les barons cornouaillais entendirent que Tristan leur offrait la bataille, ils dirent tous au roi :

« Sire, reprends la reine : ce sont des insensés qui l'ont calomniée auprès de toi. Quant à Tristan, qu'il s'en aille,

ainsi qu'il l'offre, guerroyer en Gavoie ou près du roi de
Frise. Mande-lui de te ramener Iseut, à tel jour et bientôt. »

Le roi demanda par trois fois :

« Nul ne se lève-t-il pour accuser Tristan ? »

Tous se taisaient. Alors il dit au chapelain :

« Faites donc un bref au plus vite ; vous avez ouï ce qu'il
faut y mettre ; hâtez-vous de l'écrire : Iseut n'a que trop
souffert en ses jeunes années ! Et que la charte soit sus-
pendue à la branche de la Croix Rouge avant ce soir ; faites
vite ! »

Il ajouta :

« Vous direz encore que je leur envoie à tous deux salut
et amour. »

Vers la mi-nuit, Tristan traversa la Blanche Lande, trouva
le bref et l'apporta scellé à l'ermite Ogrin. L'ermite lui lut
les lettres : Marc consentait, sur le conseil de tous ses
barons, à reprendre Iseut, mais non à garder Tristan comme
soudoyer ; pour Tristan, il lui faudrait passer la mer, quand,
à trois jours de là, au Gué Aventureux, il aurait remis la
reine entre les mains de Marc.

« Dieu ! dit Tristan, quel deuil de vous perdre, amie ! Il le
faut, pourtant, puisque la souffrance que vous supportiez à
cause de moi, je puis maintenant vous l'épargner. Quand
viendra l'instant de nous séparer, je vous donnerai un présent, gage de mon amour. Du pays inconnu où je vais, je
vous enverrai un messager ; il me redira votre désir, amie,
et, au premier appel, de la terre lointaine, j'accourrai. »

Iseut soupira et dit :

« Tristan, laisse-moi Husdent, ton chien. Jamais limier de
prix n'aura été gardé à plus d'honneur. Quand je le verrai,
je me souviendrai de toi et je serai moins triste. Ami, j'ai
un anneau de jaspe vert, prends-le pour l'amour de moi,
porte-le à ton doigt : si jamais un messager prétend venir

de ta part, je ne le croirai pas, quoi qu'il fasse ou qu'il dise, tant qu'il ne m'aura pas montré cet anneau. Mais, dès que je l'aurai vu, nul pouvoir, nulle défense royale ne m'empêcheront de faire ce que tu m'auras mandé, que ce soit sagesse ou folie.

— Amie, je vous donne Husdent.

— Ami, prenez cet anneau en récompense. »

Et tous deux se baisèrent sur les lèvres.

Or, laissant les amants à l'ermitage, Ogrin avait cheminé sur sa béquille jusqu'au Mont ; il y acheta du vair, du gris, de l'hermine, des draps de soie, de pourpre et d'écarlate, et un chainse plus blanc que fleur de lis, et encore un palefroi harnaché d'or, qui allait l'amble doucement. Les gens riaient à le voir disperser, pour ces achats étranges et magnifiques, ses deniers dès longtemps amassés ; mais le vieil homme chargea sur le palefroi les riches étoffes et revint auprès d'Iseut :

« Reine, vos vêtements tombent en lambeaux ; acceptez ces présents, afin que vous soyez plus belle le jour où vous irez au Gué Aventureux ; je crains qu'ils ne vous déplaisent : je ne suis pas expert à choisir de tels atours. »

Pourtant, le roi faisait crier par la Cornouailles la nouvelle qu'à trois jours de là, au Gué Aventureux, il ferait accord avec la reine. Dames et chevaliers se rendirent en foule à cette assemblée ; tous désiraient revoir la reine Iseut, tous l'aimaient, sauf les trois félons qui survivaient encore.

Mais, de ces trois, l'un mourra par l'épée, l'autre périra transpercé par une flèche, l'autre noyé ; et, quant au forestier, Perinis, le Franc, le Blond, l'assommera à coups de bâton, dans le bois. Ainsi Dieu, qui hait toute démesure, vengera les amants de leurs ennemis.

Au jour marqué pour l'assemblée, au Gué Aventureux, la

prairie brillait au loin, toute tendue et parée des riches tentes des barons. Dans la forêt, Tristan chevauchait avec Iseut, et, par crainte d'une embûche, il avait revêtu son haubert sous ses haillons. Soudain, tous deux apparurent au seuil de la forêt et virent au loin, parmi les barons, le roi Marc.

«Amie, dit Tristan, voici le roi votre seigneur, ses chevaliers et ses soudoyers ; ils viennent vers nous ; dans un instant nous ne pourrons plus nous parler. Par le Dieu puissant et glorieux, je vous conjure : si jamais je vous adresse un message, faites ce que je vous manderai !

— Ami Tristan, dès que j'aurai revu l'anneau de jaspe vert, ni tour, ni mur, ni fort château ne m'empêcheront de faire la volonté de mon ami.

— Iseut, Dieu t'en sache gré !»

Leurs deux chevaux marchaient côte à côte : il l'attira vers lui et la pressa entre ses bras.

«Ami, dit Iseut, entends ma dernière prière : tu vas quitter ce pays ; attends du moins quelques jours ; cache-toi, tant que tu saches comment me traite le roi, dans sa colère ou sa bonté !... Je suis seule : qui me défendra des félons ? J'ai peur ! Le forestier Orri t'hébergera secrètement ; glisse-toi la nuit jusqu'au cellier ruiné : j'y enverrai Perinis pour te dire si nul me maltraite.

— Amie, nul n'osera. Je resterai caché chez Orri : quiconque te fera outrage, qu'il se garde de moi comme de l'Ennemi !»

Les deux troupes s'étaient assez rapprochées pour échanger leurs saluts. À une portée d'arc en avant des siens, le roi chevauchait hardiment ; avec lui, Dinas de Lidan.

Quand les barons l'eurent rejoint, Tristan, tenant par les rênes le palefroi d'Iseut, salua le roi et dit :

«Roi, je te rends Iseut la Blonde. Devant les hommes de ta terre, je te requiers de m'admettre à me défendre en ta cour. Jamais je n'ai été jugé. Fais que je me justifie par bataille : vaincu, brûle-moi dans le soufre ; vainqueur, retiens-moi près de toi ; ou, si tu ne veux pas me retenir, je m'en irai vers un pays lointain. »

Nul n'accepta le défi de Tristan. Alors, Marc prit à son tour le palefroi d'Iseut par les rênes, et, la confiant à Dinas, se mit à l'écart pour prendre conseil.

Joyeux, Dinas fit à la reine maint honneur et mainte cour-toisie. Il lui ôta sa chape d'écarlate somptueuse, et son corps apparut gracieux sous la tunique fine et le grand bliaut de soie. Et la reine sourit au souvenir du vieil ermite, qui n'avait pas épargné ses deniers. Sa robe est riche, ses membres délicats, ses yeux vairs, ses cheveux clairs comme des rayons de soleil.

Quand les félons la virent belle et honorée comme jadis, irrités, ils chevauchèrent vers le roi. À ce moment, un baron, André de Nicole, s'efforçait de le persuader :

« Sire, disait-il, retiens Tristan près de toi ; tu seras, grâce à lui, un roi plus redouté. »

Et, peu à peu, il assouplissait le cœur de Marc. Mais les félons vinrent à l'encontre et dirent :

« Roi, écoute le conseil que nous te donnons en loyauté. On a médit de la reine ; à tort, nous te l'accordons ; mais si Tristan et elle rentrent ensemble à ta cour, on en parlera de nouveau. Laisse plutôt Tristan s'éloigner quelque temps ; un jour, sans doute, tu le rappelleras. »

Marc fit ainsi : il fit mander à Tristan par ses barons de s'éloigner sans délai. Alors, Tristan vint vers la reine et lui dit adieu. Ils se regardèrent. La reine eut honte à cause de l'assemblée et rougit.

Mais le roi fut ému de pitié, et parlant à son neveu pour la première fois :

« Où iras-tu, sous ces haillons ? Prends dans mon trésor ce que tu voudras, or, argent, vair et gris.

— Roi, dit Tristan, je n'y prendrai ni un denier, ni une maille. Comme je pourrai, j'irai servir à grand'joie le riche roi de Frise. »

Il tourna bride et descendit vers la mer. Iseut le suivit du regard, et, si longtemps qu'elle put l'apercevoir au loin, ne se détourna point.

À la nouvelle de l'accord, grands et petits, hommes, femmes et enfants, accoururent en foule hors de la ville à la rencontre d'Iseut ; et, menant grand deuil de l'exil de Tristan, ils faisaient fête à leur reine retrouvée. Au bruit des cloches, par les rues bien jonchées, encourtinées de soie, le roi, les comtes et les princes lui firent cortège ; les portes du palais s'ouvrirent à tous venants ; riches et pauvres purent s'asseoir et manger, et, pour célébrer ce jour, Marc, ayant affranchi cent de ses serfs, donna l'épée et le haubert à vingt bacheliers qu'il arma de sa main.

Cependant, la nuit venue, Tristan, comme il l'avait promis à la reine, se glissa chez le forestier Orri, qui l'hébergea secrètement dans le cellier ruiné. Que les félons se gardent !

12

Le jugement
par le fer rouge

> *Dieus i a fait vertuz.*
> BÉROUL.

Bientôt, Denoalen, Andret et Gondoïne se crurent en sûreté : sans doute, Tristan traînait sa vie outre la mer, en pays trop lointain pour les atteindre. Donc, un jour de chasse, comme le roi, écoutant les abois de sa meute, retenait son cheval au milieu d'un essart, tous trois chevauchèrent vers lui :

« Roi, entends notre parole. Tu avais condamné la reine sans jugement, et c'était forfaire. Aujourd'hui tu l'absous sans jugement : n'est-ce pas forfaire encore ? Jamais elle ne s'est justifiée, et les barons de ton pays vous en blâment tous deux. Conseille-lui plutôt de réclamer elle-même le jugement de Dieu. Que lui en coûtera-t-il, innocente, de jurer sur les ossements des saints qu'elle n'a jamais failli ? Innocente, de saisir un fer rougi au feu ? Ainsi le veut la coutume, et par cette facile épreuve seront à jamais dissipés les soupçons anciens. »

Marc, irrité, répondit :

« Que Dieu vous détruise, seigneurs cornouaillais, vous qui sans répit cherchez ma honte ! Pour vous j'ai chassé mon neveu : qu'exigez-vous encore ? Que je chasse la reine en Irlande ? Quels sont vos griefs nouveaux ? Contre les anciens griefs, Tristan ne s'est-il pas offert à la défendre ? Pour la justifier, il vous a présenté la bataille et vous l'entendiez tous : que n'avez-vous pris contre lui vos écus et vos lances ? Seigneurs, vous m'avez requis outre le droit ; craignez donc que l'homme pour vous chassé, je ne le rappelle ici ! »

Alors les couards tremblèrent ; ils crurent voir Tristan revenu, qui saignait à blanc leurs corps.

« Sire, nous vous donnions loyal conseil, pour votre honneur, comme il sied à vos féaux ; mais nous nous tairons désormais. Oubliez votre courroux, rendez-nous votre paix ! »

Mais Marc se dressa sur ses arçons :

« Hors de ma terre, félons ! Vous n'aurez plus ma paix. Pour vous j'ai chassé Tristan ; à votre tour, hors de ma terre ! »

— Soit, beau sire ! Nos châteaux sont forts, bien clos de pieux, sur des rocs rudes à gravir ! »

Et, sans le saluer, ils tournèrent bride.

Sans attendre limiers ni veneurs, Marc poussa son cheval vers Tintagel, monta les degrés de la salle, et la reine entendit son pas pressé retentir sur les dalles.

Elle se leva, vint à sa rencontre, lui prit son épée, comme elle avait coutume, et s'inclina jusqu'à ses pieds. Marc la retint par les mains et la relevait, quand Iseut, haussant vers lui son regard, vit ses nobles traits tourmentés par la colère : tel il lui était apparu jadis, forcené, devant le bûcher.

« Ah ! pensa-t-elle, mon ami est découvert, le roi l'a pris ! »

Son cœur se refroidit dans sa poitrine, et sans une parole, elle s'abattit aux pieds du roi. Il la prit dans ses bras et la baisa doucement ; peu à peu, elle se ranimait :

« Amie, amie, quel est votre tourment ?

— Sire, j'ai peur ; je vous ai vu si courroucé !

— Oui, je revenais irrité de cette chasse.

— Ah ! seigneur, si vos veneurs vous ont marri, vous sied-il de prendre tant à cœur des fâcheries de chasse ? »

Marc sourit de ce propos :

« Non, amie, mes veneurs ne m'ont pas irrité, mais trois félons, qui dès longtemps nous haïssent. Tu les connais : Andret, Denoalen et Gondoïne. Je les ai chassés de ma terre.

— Sire, quel mal ont-ils osé dire de moi ?

— Que t'importe ? Je les ai chassés.

— Sire, chacun a le droit de dire sa pensée. Mais j'ai le droit de connaître le blâme jeté sur moi. Et de qui l'apprendrais-je, sinon de vous ? Seule en ce pays étranger, je n'ai personne, hormis vous, sire, pour me défendre.

— Soit. Ils prétendaient donc qu'il te convient de te justifier par le serment et par l'épreuve du fer rouge. "La reine, disaient-ils, ne devrait-elle pas requérir elle-même ce jugement ? Ces épreuves sont légères à qui se sait innocent. Que lui en coûterait-il ?... Dieu est vrai juge ; il dissiperait à jamais les griefs anciens..." Voilà ce qu'ils prétendaient. Mais laissons ces choses. Je les ai chassés, te dis-je. »

Iseut frémit ; elle regarda le roi :

« Sire, mandez-leur de revenir à votre cour. Je me justifierai par serment.

— Quand ?

— Au dixième jour.

— Ce terme est bien proche, amie !

— Il n'est que trop lointain. Mais je requiers que d'ici là vous mandiez au roi Artur de chevaucher avec Monseigneur Gauvain, avec Girflet, Ké le sénéchal et cent de ses chevaliers jusqu'à la marche de votre terre, à la Blanche-Lande, sur la rive du fleuve qui sépare vos royaumes. C'est là, devant eux, que je veux faire le serment, et non devant vos seuls barons : car, à peine aurais-je juré, vos barons vous requerront encore de m'imposer une nouvelle épreuve, et jamais nos tourments ne finiraient. Mais ils n'oseront plus, si Artur et ses chevaliers sont les garants du jugement. »

Tandis que se hâtaient vers Carduel les hérauts d'armes, messagers de Marc auprès du roi Artur, secrètement Iseut envoya vers Tristan son valet, Perinis le Blond, le Fidèle.

Perinis courut sous les bois, évitant les sentiers frayés, tant qu'il atteignit la cabane d'Orri le forestier, où, depuis de longs jours, Tristan l'attendait. Perinis lui rapporta les choses advenues, la nouvelle félonie, le terme du jugement, l'heure et le lieu marqués :

« Sire, ma dame vous mande qu'au jour fixé, sous une robe de pèlerin, si habilement déguisé que nul ne puisse vous reconnaître, sans armes, vous soyez à la Blanche-Lande : il lui faut, pour atteindre le lieu du jugement, passer le fleuve en barque ; sur la rive opposée, là où seront les chevaliers du roi Artur, vous l'attendrez. Sans doute, alors vous pourrez lui porter aide. Ma dame redoute le jour du jugement : pourtant elle se fie en la courtoisie [1] de Dieu, qui déjà sut l'arracher aux mains des lépreux.

— Retourne vers la reine, beau doux ami Perinis : dis-lui que je ferai sa volonté. »

Or, seigneurs, quand Perinis s'en retourna vers Tintagel, il advint qu'il aperçut dans un fourré le même forestier qui, naguère, ayant surpris les amants endormis, les avait dénoncés au roi. Un jour qu'il était ivre, il s'était vanté de sa traîtrise. L'homme, ayant creusé dans la terre un trou profond, le recouvrait habilement de branchages, pour y prendre loups et sangliers. Il vit s'élancer sur lui le valet de la reine et voulut fuir. Mais Perinis l'accula sur le bord du piège :

---

1. Attitude conforme à l'idéologie courtoise, générosité.

« Espion, qui as vendu la reine, pourquoi t'enfuir ? Reste là, près de ta tombe, que toi-même tu as pris le soin de creuser ! »

Son bâton tournoya dans l'air en bourdonnant. Le bâton et le crâne se brisèrent à la fois, et Perinis le Blond, le Fidèle, poussa du pied le corps dans la fosse couverte de branches.

Au jour marqué pour le jugement, le roi Marc, Iseut et les barons de Cornouailles, ayant chevauché jusqu'à la Blanche-Lande, parvinrent en bel arroi[1] devant le fleuve, et, massés au long de l'autre rive, les chevaliers d'Artur les saluèrent de leurs bannières brillantes.

Devant eux, assis sur la berge, un pèlerin miséreux, enveloppé dans sa chape, où pendaient des coquilles, tendait sa sébile de bois et demandait l'aumône d'une voix aiguë et dolente.

À force de rames, les barques de Cornouailles approchaient. Quand elles furent près d'atterrir, Iseut demanda aux chevaliers qui l'entouraient :

« Seigneurs, comment pourrais-je atteindre la terre ferme, sans souiller mes longs vêtements dans cette fange ? Il faudrait qu'un passeur vînt m'aider. »

L'un des chevaliers héla le pèlerin :

« Ami, retrousse ta chape, descends dans l'eau et porte la reine, si pourtant tu ne crains pas, cassé comme je te vois, de fléchir à mi-route. »

L'homme prit la reine dans ses bras. Elle lui dit tout bas : « Ami ! » Puis, tout bas encore : « Laisse-toi choir sur le sable. »

Parvenu au rivage, il trébucha et tomba, tenant la reine pressée entre ses bras. Écuyers et mariniers, saisissant les rames et les gaffes, pourchassaient le pauvre hère.

---

1. Ordonnance.

« Laissez-le, dit la reine ; sans doute un long pèlerinage l'avait affaibli. »

Et, détachant un fermail d'or fin, elle le jeta au pèlerin.

Devant le pavillon d'Artur, un riche drap de soie de Nicée était étendu sur l'herbe verte, et les reliques des saints, retirées des écrins et des châsses, y étaient déjà disposées. Monseigneur Gauvain, Girflet et Ké le sénéchal les gardaient.

La reine, ayant supplié Dieu, retira les joyaux de son cou et de ses mains et les donna aux pauvres mendiants ; elle détacha son manteau de pourpre et sa guimpe fine, et les donna ; elle donna son chainse et son bliaut et ses chaussures enrichies de pierreries. Elle garda seulement sur son corps une tunique sans manches, et, les bras et les pieds nus, s'avança devant les deux rois. À l'entour, les barons la contemplaient en silence, et pleuraient. Près des reliques brûlait un brasier. Tremblante, elle étendit la main droite vers les ossements des saints, et dit :

« Roi de Logres, et vous, roi de Cornouailles, et vous, sire Gauvain, sire Ké, sire Girflet, et vous tous qui serez mes garants, par ces corps saints et par tous les corps saints qui sont en ce monde, je jure que jamais un homme né de femme ne m'a tenue entre ses bras, hormis le roi Marc, mon seigneur, et le pauvre pèlerin qui, tout à l'heure, s'est laissé choir à vos yeux. Roi Marc, ce serment convient-il ?

— Oui, reine, et que Dieu manifeste son vrai jugement !

— Amen ! » dit Iseut.

Elle s'approcha du brasier, pâle et chancelante. Tous se taisaient ; le fer était rouge. Alors, elle plongea ses bras nus dans la braise, saisit la barre de fer, marcha neuf pas en la portant, puis, l'ayant rejetée, étendit ses bras en croix, les paumes ouvertes. Et chacun vit que sa chair était plus saine que prune de prunier.

Alors de toutes les poitrines un grand cri de louange monta vers Dieu.

13

La voix du rossignol

Tristan defors e chante e gient
Cum rossignol que prent congé
En fin d'esté od grant pitié.
LE DOMNEI DES AMANZ.

Quand Tristan, rentré dans la cabane du forestier Orri, eut rejeté son bourdon et dépouillé sa chape de pèlerin, il connut clairement en son cœur que le jour était venu de tenir la foi jurée au roi Marc et de s'éloigner du pays de Cornouailles.

Que tardait-il encore ? La reine s'était justifiée, le roi la chérissait, il l'honorait. Artur au besoin la prendrait en sa sauvegarde, et, désormais, nulle félonie ne prévaudrait contre elle. Pourquoi plus longtemps rôder aux alentours de Tintagel ? Il risquait vainement sa vie, et la vie du forestier, et le repos d'Iseut. Certes, il fallait partir, et c'est pour la dernière fois, sous sa robe de pèlerin, à la Blanche-Lande, qu'il avait senti le beau corps d'Iseut frémir entre ses bras.

Trois jours encore il tarda, ne pouvant se déprendre du pays où vivait la reine. Mais, quand vint le quatrième jour, il prit congé du forestier qui l'avait hébergé et dit à Gorvenal :

« Beau maître, voici l'heure du long départ : nous irons vers la terre de Galles. »

Ils se mirent à la voie, tristement, dans la nuit. Mais leur route longeait le verger enclos de pieux où Tristan, jadis, attendait son amie. La nuit brillait, limpide. Au détour du chemin, non loin de la palissade, il vit se dresser dans la clarté du ciel le tronc robuste du grand pin.

« Beau maître, attends sous le bois prochain ; bientôt je serai revenu.

— Où vas-tu ? Fou, veux-tu sans répit chercher la mort ? »

Mais déjà, d'un bond assuré, Tristan avait franchi la palissade de pieux. Il vint sous le grand pin, près du perron de marbre clair. Que servirait maintenant de jeter à la fontaine des copeaux bien taillés ? Iseut ne viendrait plus ! À pas souples et prudents, par le sentier qu'autrefois suivait la reine, il osa s'approcher du château.

Dans sa chambre, entre les bras de Marc endormi, Iseut veillait. Soudain, par la croisée entr'ouverte, où se jouaient les rayons de la lune, entra la voix d'un rossignol.

Iseut écoutait la voix sonore qui venait enchanter la nuit, et la voix s'élevait plaintive et telle qu'il n'est pas de cœur cruel, pas de cœur de meurtrier, qu'elle n'eût attendri. La reine songea : « D'où vient cette mélodie ?... » Soudain elle comprit : « Ah ! c'est Tristan ! Ainsi dans la forêt du Morois il imitait pour me charmer les oiseaux chanteurs. Il part, et voici son dernier adieu. Comme il se plaint ! Tel le rossignol quand il prend congé, en fin d'été, à grande tristesse. Ami, jamais plus je n'entendrai ta voix ! »

La mélodie vibra plus ardente.

« Ah ! qu'exiges-tu ? Que je vienne ? Non ! Souviens-toi d'Ogrin l'ermite, et des serments jurés. Tais-toi, la mort nous guette... Qu'importe la mort ? Tu m'appelles, tu me veux, je viens ! »

Elle se délaça des bras du roi et jeta un manteau fourré de gris sur son corps presque nu. Il lui fallait traverser la salle voisine, où chaque nuit dix chevaliers veillaient à tour de rôle : tandis que cinq dormaient, les cinq autres, en armes, debout devant les huis et les croisées, guettaient au dehors. Mais, par aventure, ils s'étaient tous endormis, cinq sur des lits, cinq sur les dalles. Iseut franchit leurs corps épars, souleva la barre de la porte : l'anneau sonna, mais sans éveiller aucun des guetteurs. Elle franchit le seuil. Et le chanteur se tut.

Sous les arbres, sans une parole, il la pressa contre sa poitrine ; leurs bras se nouèrent fermement autour de leurs corps, et jusqu'à l'aube, comme cousus par des lacs, ils ne se déprirent pas de l'étreinte. Malgré le roi et les guetteurs, les amants mènent leur joie et leurs amours.

Cette nuitée affola les amants ; et les jours qui suivirent, comme le roi avait quitté Tintagel pour tenir ses plaids à Saint-Lubin, Tristan, revenu chez Orri, osa chaque matin, au clair de lune, se glisser par le verger jusqu'aux chambres des femmes.

Un serf le surprit et s'en fut trouver Andret, Denoalen et Gondoïne :

« Seigneurs, la bête que vous croyez délogée est revenue au repaire.

— Qui ?

— Tristan.

— Quand l'as-tu vu ?

— Ce matin, et je l'ai bien reconnu. Et vous pourrez pareillement, demain, à l'aurore, le voir venir, l'épée ceinte, un arc dans une main, deux flèches dans l'autre.

— Où le verrons-nous ?

— Par telle fenêtre que je sais. Mais, si je vous le montre, combien me donnerez-vous ?

— Trente marcs d'argent, et tu seras un manant[1] riche.

---

1. Paysan, habitant d'un bourg ou d'un village.

— Donc, écoutez, dit le serf. On peut voir dans la chambre de la reine par une fenêtre étroite qui la domine, car elle est percée très haut dans la muraille. Mais une grande courtine tendue à travers la chambre masque le pertuis. Que demain l'un de vous trois pénètre bellement dans le verger ; il coupera une longue branche d'épine et l'aiguisera par le bout ; qu'il se hisse alors jusqu'à la haute fenêtre et pique la branche, comme une broche, dans l'étoffe de la courtine ; il pourra ainsi l'écarter légèrement, et vous ferez brûler mon corps, seigneurs, si, derrière la tenture, vous ne voyez pas alors ce que je vous ai dit. »

Andret, Gondoïne et Denoalen débattirent lequel d'entre eux aurait le premier la joie de ce spectacle, et convinrent enfin de l'octroyer d'abord à Gondoïne. Ils se séparèrent : le lendemain, à l'aube, ils se retrouveraient. Demain, à l'aube, beaux seigneurs, gardez-vous de Tristan !

Le lendemain, dans la nuit encore obscure, Tristan, quittant la cabane d'Orri le forestier, rampa vers le château sous les épais fourrés d'épines. Comme il sortait d'un hallier, il regarda par la clairière et vit Gondoïne qui s'en venait de son manoir. Tristan se rejeta dans les épines et se tapit en embuscade :

« Ah ! Dieu ! fais que celui qui s'avance là-bas ne m'aperçoive pas avant l'instant favorable ! »

L'épée au poing, il l'attendait ; mais, par aventure, Gondoïne prit une autre voie et s'éloigna. Tristan sortit du hallier, déçu, banda son arc, visa ; hélas ! l'homme était déjà hors de portée.

À cet instant, voici venir au loin, descendant doucement le sentier, à l'amble d'un petit palefroi noir, Denoalen, suivi de deux grands lévriers. Tristan le guetta, caché derrière un pommier. Il le vit qui excitait ses chiens à lever un sanglier dans un taillis. Mais, avant que les lévriers l'aient délogé de sa bauge, leur maître aura reçu telle blessure que nul médecin ne saura le guérir. Quand Denoalen fut près de lui, Tristan rejeta sa chape, bondit, se dressa devant son ennemi. Le traître voulut fuir; vainement : il n'eut pas le loisir de crier : «Tu me blesses!» Il tomba de cheval. Tristan lui coupa la tête, trancha les tresses qui pendaient autour de son visage et les mit dans sa chausse : il voulait les montrer à Iseut pour en réjouir le cœur de son amie. «Hélas! songeait-il, qu'est devenu Gondoïne? Il s'est échappé : que n'ai-je pu lui payer même salaire!»

Il essuya son épée, la remit en sa gaine, traîna sur le cadavre un tronc d'arbre, et, laissant le corps sanglant, il s'en fut, le chaperon en tête, vers son amie.

Au château de Tintagel, Gondoïne l'avait devancé : déjà, grimpé sur la haute fenêtre, il avait piqué sa baguette d'épine dans la courtine, écarté légèrement deux pans de l'étoffe, et regardait au travers la chambre bien jonchée. D'abord, il n'y vit personne que Perinis; puis, ce fut Brangien, qui tenait encore le peigne dont elle venait de peigner la reine aux cheveux d'or.

Mais Iseut entra, puis Tristan. Il portait d'une main son arc d'aubier et deux flèches; dans l'autre, il tenait deux longues tresses d'homme.

Il laissa tomber sa chape, et son beau corps apparut. Iseut la Blonde s'inclina pour le saluer, et comme elle se redressait, levant la tête vers lui, elle vit, projetée sur la tenture, l'ombre de la tête de Gondoïne. Tristan lui disait :

«Vois-tu ces belles tresses? Ce sont celles de Denoalen. Je t'ai vengée de lui. Jamais plus il n'achètera ni ne vendra écu ni lance!

— C'est bien, seigneur; mais tendez cet arc, je vous prie; je voudrais voir s'il est commode à bander.»

Tristan le tendit, étonné, comprenant à demi. Iseut prit l'une des deux flèches, l'encocha, regarda si la corde était bonne, et dit, à voix basse et rapide :

« Je vois chose qui me déplaît. Vise bien, Tristan ! »

Il prit la pose, leva la tête et vit, tout au haut de la cour-tine, l'ombre de la tête de Gondoïne. « Que Dieu, fait-il, dirige cette flèche ! » Il dit, se retourne vers la paroi, tire. La longue flèche siffle dans l'air, émerillon ni hirondelle ne vole si vite, crève l'œil du traître, traverse sa cervelle comme la chair d'une pomme, et s'arrête, vibrante, contre le crâne. Sans un cri, Gondoïne s'abattit et tomba sur un pieu.

Alors Iseut dit à Tristan :

« Fuis maintenant, ami ! Tu le vois, les félons connaissent ton refuge ! Andret survit, il l'enseignera au roi ; il n'est plus de sûreté pour toi dans la cabane du forestier ! Fuis, ami ! Perinis le Fidèle cachera ce corps dans la forêt, si bien que le roi n'en saura jamais nulles nouvelles. Mais toi, fuis de ce pays, pour ton salut, pour le mien ! »

Tristan dit :

« Comment pourrais-je vivre ?

— Oui, ami Tristan, nos vies sont enlacées et tissées l'une à l'autre. Et moi, comment pourrais-je vivre ? Mon corps reste ici, tu as mon cœur.

— Iseut, amie, je pars, je ne sais pour quel pays. Mais, si jamais tu revois l'anneau de jaspe vert, feras-tu ce que je te manderai par lui ?

— Oui, tu le sais : si je revois l'anneau de jaspe vert, ni tour, ni fort château, ni défense royale ne m'empêcheront de faire la volonté de mon ami, que ce soit folie ou sagesse !

— Amie, que le Dieu né en Bethléem t'en sache gré !

— Ami, que Dieu te garde ! »

14

Le grelot merveilleux

> *« Ne membre vus, ma bêle amie,*
> *D'une petite druerie ? »*
> LA FOLIE TRISTAN.

Tristan se réfugia en Galles, sur la terre du noble duc Gilain. Le duc était jeune, puissant, débonnaire ; il l'accueillit comme un hôte bienvenu. Pour lui faire honneur et joie, il n'épargna nulle peine ; mais ni les aventures ni les fêtes ne purent apaiser l'angoisse de Tristan.

Un jour qu'il était assis aux côtés du jeune duc, son cœur était si douloureux qu'il soupirait sans même s'en apercevoir. Le duc, pour adoucir sa peine, commanda d'apporter dans sa chambre privée son jeu favori, qui, par sortilège, aux heures tristes, charmait ses yeux et son cœur. Sur une table recouverte d'une pourpre noble et riche, on plaça son chien Petit-Crû. C'était un chien enchanté : il venait au duc de l'île d'Avallon ; une fée le lui avait envoyé comme un présent d'amour. Nul ne saurait par des paroles assez habiles décrire sa nature et sa beauté. Son poil était coloré de nuances si merveilleusement disposées que l'on ne savait nommer sa couleur ; son encolure semblait d'abord plus blanche que neige, sa croupe plus verte que feuille de trèfle, l'un de ses flancs rouge comme l'écarlate, l'autre jaune comme le safran, son ventre bleu comme le lapis-lazuli, son dos rosé ; mais, quand on le regardait plus longtemps, toutes ces couleurs dansaient aux yeux et muaient, tour à tour blanches et vertes, jaunes, bleues, pourprées, sombres ou fraîches. Il portait au cou, suspendu à une chaînette d'or, un grelot au tintement si gai, si clair, si doux, qu'à l'ouïr, le cœur de Tristan s'attendrit, s'apaisa, et que sa peine se fondit. Il ne lui souvint plus de tant de misères endurées pour la reine ; car telle était la merveilleuse vertu du grelot : le cœur, à l'entendre sonner, si doux, si gai, si clair, oubliait toute peine. Et tandis que Tristan, ému par le sortilège, caressait la petite bête enchantée qui lui prenait tout son chagrin et dont la robe, au toucher de sa main, semblait plus douce qu'une étoffe de samit[1], il songeait que ce serait là un beau présent pour Iseut. Mais que faire ? Le duc Gilain aimait Petit-Crû par-dessus toute chose, et nul n'aurait pu l'obtenir de lui, ni par ruse, ni par prière.

Un jour, Tristan dit au duc :

« Sire, que donneriez-vous à qui délivrerait votre terre du géant Urgan le Velu, qui réclame de vous de si lourds tributs ?

— En vérité, je donnerais à choisir à son vainqueur, parmi mes richesses, celle qu'il tiendrait pour la plus précieuse ; mais nul n'osera s'attaquer au géant.

— Voilà merveilleuses paroles, reprit Tristan. Mais le bien ne vient jamais dans un pays que par les aventures, et, pour tout l'or de Pavie, je ne renoncerais pas à mon désir de combattre le géant.

— Alors, dit le duc Gilain, que le Dieu né d'une Vierge vous accompagne et vous défende de la mort ! »

Tristan atteignit Urgan le Velu dans son repaire. Longtemps ils combattirent furieusement. Enfin la prouesse

---

1. Étoffe de soie.

triompha de la force, l'épée agile de la lourde massue, et Tristan, ayant tranché le poing droit du géant, le rapporta au duc :

« Sire, en récompense, ainsi que vous l'avez promis, donnez-moi Petit-Crû, votre chien enchanté !

— Ami, qu'as-tu demandé ? Laisse-le-moi et prends plutôt ma sœur et la moitié de ma terre.

— Sire, votre sœur est belle, et belle est votre terre ; mais c'est pour gagner votre chien-fée que j'ai attaqué Urgan le Velu. Souvenez-vous de votre promesse !

— Prends-le donc ; mais sache que tu m'as enlevé la joie de mes yeux et la gaieté de mon cœur ! »

Tristan confia le chien à un jongleur de Galles, sage et rusé, qui le porta de sa part en Cornouailles. Le jongleur parvint à Tintagel et le remit secrètement à Brangien. La reine s'en réjouit grandement, donna en récompense dix marcs d'or au jongleur et dit au roi que la reine d'Irlande, sa mère, envoyait ce cher présent. Elle fit ouvrer pour le chien, par un orfèvre, une niche précieusement incrustée d'or et de pierreries et, partout où elle allait, le portait avec elle en souvenir de son ami. Et, chaque fois qu'elle le regardait, tristesse, angoisse, regrets s'effaçaient de son cœur.

Elle ne comprit pas d'abord la merveille ; si elle trouvait une telle douceur à le contempler, c'était, pensait-elle, parce qu'il lui venait de Tristan ; c'était, sans doute, la pensée de son ami qui endormait ainsi sa peine. Mais un jour elle connut que c'était un sortilège, et que seul le tintement du grelot charmait son cœur.

« Ah ! pensa-t-elle, convient-il que je connaisse le réconfort, tandis que Tristan est malheureux ? Il aurait pu garder ce chien enchanté et oublier ainsi toute douleur ; par belle courtoisie, il a mieux aimé me l'envoyer, me donner sa joie et reprendre sa misère. Mais il ne sied pas qu'il en soit ainsi ; Tristan, je veux souffrir aussi longtemps que tu souffriras. »

Elle prit le grelot magique, le fit tinter une dernière fois, le détacha doucement ; puis, par la fenêtre ouverte, elle le lança dans la mer.

15

Iseut
aux Blanches Mains[1]

Ire de femme est a duter,
Mult s'en deit bien chascuns garder.
Cum de leger vient lur amur,
De leger revient lur haür.

THOMAS DE BRETAGNE

Les amants ne pouvaient ni vivre ni mourir l'un sans l'autre. Séparés, ce n'était pas la vie, ni la mort, mais la vie et la mort à la fois.

Par les mers, les îles et les pays, Tristan voulut fuir sa misère. Il revit son pays de Loonnois, où Rohalt le Foi-Tenant reçut son fils avec des larmes de tendresse ; mais, ne pouvant supporter de vivre dans le repos de sa terre, Tristan s'en fut par les duchés et les royaumes, cherchant les aventures. Du Loonnois en Frise, de Frise en Gavoie, d'Allemagne en Espagne, il servit maints seigneurs, acheva maintes emprises. Hélas ! pendant deux années, nulle nouvelle ne lui vint de la Cornouailles, nul ami, nul message.

Alors il crut qu'Iseut s'était déprise de lui et qu'elle l'oubliait.

---

1. Le chapitre 15 correspond à l'un des fragments du *Tristan* de Thomas.

Or, il advint qu'un jour, chevauchant avec le seul Gorvenal, il entra sur la terre de Bretagne. Ils traversèrent une plaine dévastée : partout des murs ruinés, des villages sans habitants, des champs essartés par le feu, et leurs chevaux foulaient des cendres et des charbons. Sur la lande déserte, Tristan songea :

« Je suis las et recru. De quoi me servent ces aventures ? Ma dame est au loin, jamais je ne la reverrai. Depuis deux années, que ne m'a-t-elle fait querir par les pays ? Pas un message d'elle. À Tintagel, le roi l'honore et la sert ; elle vit en joie. Certes, le grelot du chien enchanté accomplit bien son œuvre ! Elle m'oublie, et peu lui chaut des deuils et des joies d'antan, peu lui chaut du chétif qui erre par ce pays désolé. À mon tour, n'oublierai-je jamais celle qui m'oublie ? Jamais ne trouverai-je qui guérisse ma misère ? »

Pendant deux jours, Tristan et Gorvenal passèrent les champs et les bourgs sans voir un homme, un coq, un chien. Au troisième jour, à l'heure de none, ils approchèrent d'une colline où se dressait une vieille chapelle, et, tout près, l'habitacle d'un ermite. L'ermite ne portait point de vêtements tissés, mais une peau de chèvre avec des haillons de laine sur l'échine. Prosterné sur le sol, les genoux et les coudes nus, il priait Marie-Madeleine de lui inspirer des prières salutaires. Il souhaita la bienvenue aux arrivants, et tandis que Gorvenal établissait les chevaux, il désarma Tristan, puis disposa le manger. Il ne leur donna point de mets délicats, mais de l'eau de source et du pain d'orge pétri avec de la cendre. Après le repas, comme la nuit était tombée et qu'ils étaient assis autour du feu, Tristan demanda quelle était cette terre ruinée.

« Beau seigneur, dit l'ermite, c'est la terre de Bretagne, que tient le duc Hoël. C'était naguère un beau pays, riche en prairies et en terres de labour : ici des moulins, là des pommiers, là des métairies. Mais le comte Riol de Nantes y a fait le dégât ; ses fourrageurs ont partout bouté le feu, et de partout enlevé les proies. Ses hommes en sont riches pour longtemps : ainsi va la guerre.

— Frère, dit Tristan, pourquoi le comte Riol a-t-il ainsi honni votre seigneur Hoël ?

— Je vous dirai donc, seigneur, l'occasion de la guerre. Sachez que Riol était le vassal du duc Hoël. Or, le duc a une fille, belle entre les filles de hauts hommes, et le comte Riol voulait la prendre à femme. Mais son père refusa de la donner à un vassal, et le comte Riol a tenté de l'enlever par la force. Bien des hommes sont morts pour cette querelle. »

Tristan demanda :

« Le duc Hoël peut-il encore soutenir sa guerre ?

— À grand'peine, seigneur. Pourtant, son dernier château, Carhaix, résiste encore, car les murailles en sont fortes, et fort est le cœur du fils du duc Hoël, Kaherdin, le bon chevalier. Mais l'ennemi les presse et les affame : pourront-ils tenir longtemps ? »

Tristan demanda à quelle distance était le château de Carhaix.

« Sire, à deux milles seulement. »

Ils se séparèrent et dormirent. Au matin, après que l'ermite eut chanté et qu'ils eurent partagé le pain d'orge et de cendre, Tristan prit congé du prud'homme et chevaucha vers Carhaix.

Quand il s'arrêta au pied des murailles closes, il vit une troupe d'hommes debout sur le chemin de ronde, et demanda le duc. Hoël se trouvait parmi ces hommes avec son fils Kaherdin. Il se fit connaître et Tristan lui dit :

« Je suis Tristan, roi de Loonnois, et Marc, le roi de Cornouailles, est mon oncle. J'ai su, seigneur, que vos vassaux vous faisaient tort et je suis venu pour vous offrir mon service. »

— Hélas ! sire Tristan, passez votre voie et que Dieu vous récompense ! Comment vous accueillir céans ? Nous n'avons plus de vivres ; point de blé, rien que des fèves et de l'orge pour subsister.

— Qu'importe ? dit Tristan. J'ai vécu dans une forêt, pendant deux ans, d'herbes, de racines et de venaison, et sachez que je trouvais bonne cette vie. Commandez qu'on m'ouvre cette porte. »

Kaherdin dit alors :

« Recevez-le, mon père, puisqu'il est de tel courage, afin qu'il prenne sa part de nos biens et de nos maux. »

Ils l'accueillirent avec honneur. Kaherdin fit visiter à son hôte les fortes murailles et la tour maîtresse, bien flanquée de bretèches palissadées où s'embusquaient les arbalétriers. Des créneaux, il lui fit voir dans la plaine, au loin, les tentes et les pavillons plantés par le comte Riol. Quand ils furent revenus au seuil du château, Kaherdin dit à Tristan :

« Or, bel ami, nous monterons à la salle où sont ma mère et ma sœur. »

Tous deux, se tenant par la main, entrèrent dans la chambre des femmes. La mère et la fille, assises sur une courtepointe, paraient d'orfroi un paile d'Angleterre et chantaient une chanson de toile[1] : elles disaient comment Belle Doette, assise au vent sous l'épine blanche, attend et regrette Doon son ami, si lent à venir. Tristan les salua et elles le saluèrent, puis les deux chevaliers s'assirent auprès d'elles. Kaherdin, montrant l'étole que brodait sa mère :

« Voyez, dit-il, bel ami Tristan, quelle ouvrière est ma dame : comme elle sait à merveille orner les étoles et les

───────

1. Genre littéraire en vers qui est une sorte de poème narratif chanté. Le nom vient de la toile que les femmes brodaient ou tissaient en chantant.

chasubles, pour en faire aumône aux moutiers pauvres! et comme les mains de ma sœur font courir les fils d'or sur ce samit blanc! Par foi, belle sœur, c'est à droit que vous avez nom Iseut aux Blanches Mains!»

Alors Tristan, connaissant qu'elle s'appelait Iseut, sourit et la regarda plus doucement.

Or, le comte Riol avait dressé son camp à trois milles de Carhaix, et, depuis bien des jours, les hommes du duc Hoël n'osaient plus, pour l'assaillir, franchir les barres. Mais, dès le lendemain, Tristan, Kaherdin et douze jeunes chevaliers sortirent de Carhaix, les hauberts endossés, les heaumes lacés, et chevauchèrent sous des bois de sapins jusqu'aux approches des tentes ennemies; puis, s'élançant de l'aguet, ils enlevèrent par force un charroi du comte Riol. À partir de ce jour, variant maintes fois ruses et prouesses, ils culbutaient ses tentes mal gardées, attaquaient ses convois, navraient et tuaient ses hommes et jamais ils ne rentraient dans Carhaix sans y ramener quelque proie. Par là, Tristan et Kaherdin commencèrent à se porter foi et tendresse, tant qu'ils se jurèrent amitié et compagnonnage. Jamais ils ne faussèrent cette parole, comme l'histoire vous l'apprendra.

Or, tandis qu'ils revenaient de ces chevauchées, parlant de chevalerie et de courtoisie, souvent Kaherdin louait à son cher compagnon sa sœur Iseut aux Blanches Mains, la simple, la belle.

Un matin, comme l'aube venait de poindre, un guetteur descendit en hâte de sa tour et courut par les salles en criant :

«Seigneurs, vous avez trop dormi! Levez-vous, Riol vient faire l'assaillie!»

Chevaliers et bourgeois s'armèrent et coururent aux murailles : ils virent dans la plaine briller les heaumes, flot-

ter les pennons de cendal, et tout l'ost[1] de Riol qui s'avan-
çait en bel arroi. Le duc Hoël et Kaherdin déployèrent aussitôt devant les portes les premières batailles de chevaliers.
Arrivés à la portée d'un arc, ils brochèrent les chevaux,
lances baissées, et les flèches tombaient sur eux comme
pluie d'avril.

Mais Tristan s'armait à son tour avec ceux que le guetteur avait réveillés les derniers. Il lace ses chausses, passe
le bliaut, les houseaux[2] étroits et les éperons d'or ; il
endosse le haubert, fixe le heaume sur la ventaille ; il monte,
éperonne son cheval jusque dans la plaine et paraît, l'écu
dressé contre sa poitrine, en criant : « Carhaix ! » Il était
temps : déjà les hommes d'Hoël reculaient vers les bailes.
Alors il fit beau voir la mêlée des chevaux abattus et des
vassaux navrés, les coups portés par les jeunes chevaliers,
et l'herbe qui, sous leurs pas, devenait sanglante. En avant
de tous, Kaherdin s'était fièrement arrêté, en voyant
poindre contre lui un hardi baron, le frère du comte Riol.
Tous deux se heurtèrent des lances baissées. Le Nantais
brisa la sienne sans ébranler Kaherdin, qui, d'un coup plus
sûr, écartela l'écu de l'adversaire et lui planta son fer bruni
dans le côté jusqu'au gonfanon. Soulevé de selle, le chevalier vide les arçons et tombe.

Au cri que poussa son frère, le comte Riol s'élança contre
Kaherdin, le frein abandonné. Mais Tristan lui barra le passage. Quand ils se heurtèrent, la lance de Tristan se rom-
pit à son poing, et celle de Riol, rencontrant le poitrail du
cheval ennemi, pénétra dans les chairs et l'étendit mort sur
le pré. Tristan, aussitôt relevé, l'épée fourbie à la main :

« Couard, dit-il, la male mort à qui laisse le maître pour
navrer le cheval ! Tu ne sortiras pas vivant de ce pré ! »

---

1. Mot du français ancien qui désigne l'armée.
2. Bottes ou guêtres.

— Je crois que vous mentez!» répondit Riol en poussant sur lui son destrier.

Mais Tristan esquiva l'atteinte, et, levant le bras, fit lourdement tomber sa lame sur le heaume de Riol, dont il embarra le cercle et emporta le nasal. La lame glissa de l'épaule du chevalier au flanc du cheval, qui chancela et s'abattit à son tour. Riol parvint à s'en débarrasser et se redressa; à pied tous deux, l'écu troué, fendu, le haubert démaillé, ils se requièrent et s'assaillent; enfin Tristan frappe Riol sur l'escarboucle de son heaume. Le cercle cède, et le coup était si fortement asséné que le baron tombe sur les genoux et sur les mains:

«Relève-toi, si tu peux, vassal, lui cria Tristan; à la male heure es-tu venu dans ce champ; il te faut mourir!»

Riol se remet en pieds, mais Tristan l'abat encore d'un coup qui fendit le heaume, trancha la coiffe et découvrit le crâne. Riol implora merci, demanda la vie sauve et Tristan reçut son épée. Il la prit à temps, car de toutes parts les Nantais étaient venus à la rescousse de leur seigneur. Mais déjà leur seigneur était recréant[1].

Riol promit de se rendre en la prison du duc Hoël, de lui jurer de nouveau hommage[2] et foi, de restaurer les bourgs et les villages brûlés. Par son ordre, la bataille s'apaisa, et son ost s'éloigna.

Quand les vainqueurs furent rentrés dans Carhaix, Kaherdin dit à son père:

«Sire, mandez Tristan, et retenez-le; il n'est pas de meilleur chevalier, et votre pays a besoin d'un baron de telle prouesse.»

Ayant pris le conseil de ses hommes, le duc Hoël appela Tristan:

---

1. Être recréant signifie «se déclarer vaincu».
2. Acte par lequel un vassal promet de servir son suzerain avec loyauté.

«Ami, je ne saurais trop vous aimer, car vous m'avez conservé cette terre. Je veux donc m'acquitter envers vous. Ma fille, Iseut aux Blanches Mains, est née de ducs, de rois et de reines. Prenez-la, je vous la donne.

— Sire, je la prends», dit Tristan.

Ah! seigneurs, pourquoi dit-il cette parole? Mais, pour cette parole, il mourut.

Jour est pris, terme fixé. Le duc vient avec ses amis, Tristan avec les siens. Le chapelain chante la messe. Devant tous, à la porte du moutier, selon la loi de sainte Église, Tristan épouse Iseut aux Blanches Mains. Les noces furent grandes et riches. Mais la nuit venue, tandis que les hommes de Tristan le dépouillaient de ses vêtements, il advint que, en retirant la manche trop étroite de son bliaut, ils enlevèrent et firent choir de son doigt son anneau de jaspe vert, l'anneau d'Iseut la Blonde. Il sonne clair sur les dalles.

Tristan regarde et le voit. Alors son ancien amour se réveille, et Tristan connaît son forfait.

Il lui ressouvint du jour où Iseut la Blonde lui avait donné cet anneau : c'était dans la forêt, où, pour lui, elle avait mené l'âpre vie. Et, couché auprès de l'autre Iseut, il revit la hutte du Morois. Par quelle forsennerie avait-il en son cœur accusé son amie de trahison? Non, elle souffrait pour lui toute misère, et lui seul l'avait trahie.

Mais il prenait aussi en compassion Iseut, sa femme, la simple, la belle. Les deux Iseut l'avaient aimé à la male heure. À toutes les deux il avait menti sa foi.

Pourtant, Iseut aux Blanches Mains s'étonnait de l'entendre soupirer, étendu à ses côtés. Elle lui dit enfin, un peu honteuse :

«Cher seigneur, vous ai-je offensé en quelque chose? Pourquoi ne me donnez-vous pas un seul baiser? Dites-le-moi, que je connaisse mon tort, et je vous en ferai belle amendise, si je puis.

— Amie, dit Tristan, ne vous courroucez pas, mais j'ai fait un vœu. Naguère, en un autre pays, j'ai combattu un dragon, et j'allais périr, quand je me suis souvenu de la Mère de Dieu : je lui ai promis que, délivré du monstre par sa courtoisie, si jamais je prenais femme, tout un an je m'abstiendrais de l'accoler et de l'embrasser...

— Or donc, dit Iseut aux Blanches Mains, je le souffrirai bonnement. »

Mais quand les servantes, au matin, lui ajustèrent la guimpe des femmes épousées, elle sourit tristement, et songea qu'elle n'avait guère droit à cette parure.

16

Kaherdin

> *La dame chante dulcement,*
> *Sa voiz acorde a l'estrument.*
> *Les mains sont belles, li lais bons,*
> *Dulce la voix et bas li tons.*
>
> THOMAS.

À quelques jours de là, le duc Hoël, son sénéchal et tous ses veneurs, Tristan, Iseut aux Blanches Mains et Kaherdin sortirent ensemble du château pour chasser en forêt. Sur une route étroite, Tristan chevauchait à la gauche de Kaherdin, qui de sa main droite retenait par les rênes le palefroi d'Iseut aux Blanches Mains. Or, le palefroi buta dans une flaque d'eau. Son sabot fit rejaillir l'eau si fort sous les vêtements d'Iseut qu'elle en fut toute mouillée et sentit la froidure plus haut que son genou. Elle jeta un cri léger, et d'un coup d'éperon enleva son cheval en riant d'un rire si haut et si clair que Kaherdin, poignant après elle et l'ayant rejointe, lui demanda :

« Belle sœur, pourquoi riez-vous ?

— Pour un penser qui me vint, beau frère. Quand cette eau a jailli vers moi, je lui ai dit : "Eau, tu es plus hardie que ne fut jamais le hardi Tristan !" C'est de quoi j'ai ri. Mais déjà j'ai trop parlé, frère, et m'en repens. »

Kaherdin, étonné, la pressa si vivement qu'elle lui dit enfin la vérité de ses noces.

Alors Tristan les rejoignit, et tous trois chevauchèrent en silence jusqu'à la maison de chasse. Là, Kaherdin appela Tristan à parlement et lui dit :

« Sire Tristan, ma sœur m'a avoué la vérité de ses noces. Je vous tenais à pair et à compagnon. Mais vous avez faussé votre foi et honni ma parenté. Désormais, si vous ne me faites droit, sachez que je vous défie. »

Tristan lui répondit :

« Oui, je suis venu parmi vous pour votre malheur. Mais apprends ma misère, beau doux ami, frère et compagnon, et peut-être ton cœur s'apaisera. Sache que j'ai une autre Iseut, plus belle que toutes les femmes, qui a souffert et qui souffre encore pour moi maintes peines. Certes, ta sœur m'aime et m'honore ; mais, pour l'amour de moi, l'autre Iseut traite à plus d'honneur encore que ta sœur ne me traite un chien que je lui ai donné. Viens ; quittons cette chasse, suis-moi où je te mènerai ; je te dirai la misère de ma vie. »

Tristan tourna bride et brocha son cheval. Kaherdin poussa le sien sur ses traces. Sans une parole, ils coururent jusqu'au plus profond de la forêt. Là, Tristan dévoila sa vie à Kaherdin. Il dit comment, sur la mer, il avait bu l'amour et la mort ; il dit la traîtrise des barons et du nain, la reine menée au bûcher, livrée aux lépreux, et leurs amours dans la forêt sauvage ; comment il l'avait rendue au roi Marc, et comment, l'ayant fuie, il avait voulu aimer Iseut aux Blanches Mains ; comment il savait désormais qu'il ne pouvait vivre ni mourir sans la reine.

Kaherdin se tait et s'étonne. Il sent sa colère qui, malgré lui, s'apaise.

« Ami, dit-il enfin, j'entends merveilleuses paroles, et vous avez ému mon cœur à pitié : car vous avez enduré telles peines dont Dieu garde chacun et chacune! Retournons vers Carhaix : au troisième jour, si je puis, je vous dirai ma pensée. »

En sa chambre, à Tintagel, Iseut la Blonde soupire à cause de Tristan qu'elle appelle. L'aimer toujours, elle n'a d'autre penser, d'autre espoir, d'autre vouloir. En lui est tout son désir, et depuis deux années elle ne sait rien de lui. Où est-il? En quel pays? Vit-il seulement?

En sa chambre, Iseut la Blonde est assise, et fait un triste lai d'amour. Elle dit comment Guron fut surpris et tué pour l'amour de la dame qu'il aimait sur toute chose, et comment par ruse le comte donna le cœur de Guron à manger à sa femme, et la douleur de celle-ci.

La reine chante doucement; elle accorde sa voix à la harpe. Les mains sont belles, le lai bon, le ton bas et douce la voix.

Or, survient Kariado, un riche comte d'une île lointaine. Il était venu à Tintagel pour offrir à la reine son service, et, plusieurs fois depuis le départ de Tristan, il l'avait requise d'amour. Mais la reine rebutait sa requête et la tenait à folie. Il était beau chevalier, orgueilleux et fier, bien emparlé[1], mais il valait mieux dans les chambres des dames qu'en bataille. Il trouva Iseut, qui faisait son lai. Il lui dit en riant :

« Dame, quel triste chant, triste comme celui de l'orfraie! Ne dit-on pas que l'orfraie chante pour annoncer la mort? C'est ma mort sans doute qu'annonce votre lai : car je meurs pour l'amour de vous!

— Soit, lui dit Iseut. Je veux bien que mon chant signifie votre mort, car jamais vous n'êtes venu céans sans m'apporter une nouvelle douloureuse. C'est vous qui toujours avez été orfraie ou chat-huant pour médire de Tristan. Aujourd'hui, quelle male nouvelle me direz-vous encore? »

---

1. Éloquent.

Kariado lui répondit :

« Reine, vous êtes irritée, et je ne sais de quoi ; mais bien fou qui s'émeut de vos dires ! Quoi qu'il advienne de la mort que m'annonce l'orfraie, voici donc la male nouvelle que vous apporte le chat-huant : Tristan, votre ami, est perdu pour vous, dame Iseut. Il a pris femme en autre terre. Désormais, vous pourrez vous pourvoir ailleurs, car il dédaigne votre amour. Il a pris femme à grand honneur, Iseut aux Blanches Mains, la fille du duc de Bretagne. »

Kariado s'en va, courroucé. Iseut la Blonde baisse la tête et commence à pleurer.

Au troisième jour, Kaherdin appelle Tristan :

« Ami, j'ai pris conseil en mon cœur. Oui, si vous m'avez dit la vérité, la vie que vous menez en cette terre est forsennerie et folie, et nul bien n'en peut venir ni pour vous, ni pour ma sœur Iseut aux Blanches Mains. Donc entendez mon propos. Nous voguerons ensemble vers Tintagel : vous reverrez la reine, et vous éprouverez si toujours elle vous regrette et vous porte foi. Si elle vous a oublié, peut-être alors aurez-vous plus chère Iseut ma sœur, la simple, la belle. Je vous suivrai : ne suis-je pas votre pair et votre compagnon ? »

— Frère, dit Tristan, on dit bien : Le cœur d'un homme vaut tout l'or d'un pays. »

Bientôt Tristan et Kaherdin prirent le bourdon et la chape des pèlerins, comme s'ils voulaient visiter les corps saints en terre lointaine. Ils prirent congé du duc Hoël. Tristan emmenait Gorvenal, et Kaherdin un seul écuyer. Secrètement ils équipèrent une nef, et tous quatre ils voguèrent vers la Cornouailles.

Le vent leur fut léger et bon, tant qu'ils atterrirent un matin, avant l'aurore, non loin de Tintagel, dans une crique déserte, voisine du château de Lidan. Là, sans doute, Dinas de Lidan, le bon sénéchal, les hébergerait et saurait cacher leur venue.

Au petit jour, les quatre compagnons montaient vers Lidan, quand ils virent venir derrière eux un homme qui suivait la même route, au petit pas de son cheval. Ils se jetèrent sous bois, et l'homme passa sans les voir, car il sommeillait en selle. Tristan le reconnut :

« Frère, dit-il tout bas à Kaherdin, c'est Dinas de Lidan lui-même. Il dort. Sans doute il revient de chez son amie et rêve encore d'elle : il ne serait pas courtois de réveiller, mais suis-moi de loin. »

Il rejoignit Dinas, prit doucement son cheval par la bride, et chemina sans bruit à ses côtés. Enfin, un faux pas du cheval réveilla le dormeur. Il ouvre les yeux, voit Tristan, hésite :

« C'est toi, c'est toi, Tristan ! Dieu bénisse l'heure où je te revois : je l'ai si longtemps attendue !

— Ami, Dieu vous sauve ! Quelles nouvelles me direz-vous de la reine ?

— Hélas ! de dures nouvelles. Le roi la chérit et veut lui faire fête ; mais depuis ton exil elle languit et pleure pour toi. Ah ! pourquoi revenir près d'elle ? Veux-tu chercher encore ta mort et la sienne ? Tristan, aie pitié de la reine, laisse-la à son repos !

— Ami, dit Tristan, octroyez-moi un don : cachez-moi à Lidan, portez-lui mon message et faites que je la revoie une fois, une seule fois ! »

Dinas répondit :

« J'ai pitié de ma dame, et ne veux faire ton message que si je sais qu'elle t'est restée chère par-dessus toutes les femmes.

— Ah ! sire, dites-lui qu'elle m'est restée chère par-dessus toutes les femmes, et ce sera vérité.

— Or donc, suis-moi, Tristan : je t'aiderai en ton besoin. »

À Lidan, le sénéchal hébergea Tristan, Gorvenal, Kaherdin et son écuyer, et quand Tristan lui eut conté de point en point l'aventure de sa vie, Dinas s'en fut à Tintagel pour s'enquérir des nouvelles de la cour. Il apprit qu'à trois jours de là, la reine Iseut, le roi Marc, toute sa mesnie, tous ses écuyers et tous ses veneurs quitteraient Tintagel pour s'établir au château de la Blanche-Lande, où de grandes chasses étaient préparées. Alors Tristan confia au sénéchal son anneau de jaspe vert et le message qu'il devait redire à la reine.

17

Dinas de Lidan [1]

> « *Bele amie, si est de nus :*
> *Ne vus sans mei, ne jo sanz vus.* »
>
> MARIE DE FRANCE.

Dinas retourna donc à Tintagel, monta les degrés et entra dans la salle. Sous le dais, le roi Marc et Iseut la Blonde étaient assis à l'échiquier. Dinas prit place sur un escabeau près de la reine, comme pour observer son jeu, et par deux fois, feignant de lui désigner les pièces, il posa sa main sur l'échiquier : à la seconde fois, Iseut reconnut à son doigt l'anneau de jaspe. Alors, elle eut assez joué. Elle heurta légèrement le bras de Dinas, en telle guise que plusieurs paonnets[2] tombèrent en désordre.

« Voyez, sénéchal, dit-elle, vous avez troublé mon jeu, et de telle sorte que je ne saurais le reprendre. »

Marc quitte la salle, Iseut se retire en sa chambre et fait venir le sénéchal auprès d'elle :

« Ami, vous êtes messager de Tristan ?

— Oui, reine, il est à Lidan, caché dans mon château.

---

1. Le chapitre 17 correspond au *Lai du chèvrefeuille* de Marie de France.
2. Pions au jeu d'échecs.

— Est-il vrai qu'il ait pris femme en Bretagne ?

— Reine, on vous a dit la vérité. Mais il assure qu'il ne vous a point trahie ; que pas un seul jour il n'a cessé de vous chérir par-dessus toutes les femmes ; qu'il mourra, s'il ne vous revoit... une fois seulement : il vous semond d'y consentir, par la promesse que vous lui fîtes le dernier jour où il vous parla. »

La reine se tut quelque temps, songeant à l'autre Iseut. Enfin, elle répondit :

« Oui, au dernier jour où il me parla, j'ai dit, il m'en souvient : "Si jamais je revois l'anneau de jaspe vert, ni tour, ni fort château, ni défense royale ne m'empêcheront de faire la volonté de mon ami, que ce soit sagesse ou folie..."

— Reine, à deux jours d'ici, la cour doit quitter Tintagel pour gagner la Blanche-Lande ; Tristan vous mande qu'il sera caché sur la route, dans un fourré d'épines. Il vous mande que vous le preniez en pitié.

— Je l'ai dit : ni tour, ni fort château, ni défense royale ne m'empêcheront de faire la volonté de mon ami. »

Le surlendemain, tandis que toute la cour de Marc s'apprêtait au départ de Tintagel, Tristan et Gorvenal, Kaherdin et son écuyer revêtirent le haubert, prirent leurs épées et leurs écus et, par des chemins secrets, se mirent à la voie vers le lieu désigné. À travers la forêt, deux routes conduisaient vers la Blanche-Lande : l'une belle et bien ferrée, par où devait passer le cortège, l'autre pierreuse et abandonnée. Tristan et Kaherdin apostèrent sur celle-ci leurs deux écuyers ; ils les attendraient en ce lieu, gardant leurs chevaux et leurs écus. Eux-mêmes se glissèrent sous bois et se cachèrent dans un fourré. Devant ce fourré, sur la route, Tristan déposa une branche de coudrier où s'enlaçait un brin de chèvrefeuille.

Bientôt, le cortège apparaît sur la route. C'est d'abord la

troupe du roi Marc. Viennent en belle ordonnance les four-
riers et les maréchaux, les queux et les échansons, viennent
les chapelains, viennent les valets de chiens menant lévriers
et brachets, puis les fauconniers portant les oiseaux sur le
poing gauche, puis les veneurs, puis les chevaliers et les
barons ; ils vont leur petit train, bien arrangés deux par
deux, et il fait beau les voir, richement montés sur chevaux
harnachés de velours semé d'orfèvrerie. Puis le roi Marc
passa, et Kaherdin s'émerveillait de voir ses privés autour
de lui, deux deçà et deux delà, habillés tous de drap d'or
ou d'écarlate.

Alors s'avance le cortège de la reine. Les lavandières et
les chambrières viennent en tête, ensuite les femmes et les
filles des barons et des comtes. Elles passent une à une ; un
jeune chevalier escorte chacune d'elles. Enfin approche un
palefroi monté par la plus belle que Kaherdin ait jamais vue
de ses yeux : elle est bien faite de corps et de visage, les
hanches un peu basses, les sourcils bien tracés, les yeux
riants, les dents menues ; une robe de rouge samit la
couvre ; un mince chapelet d'or et de pierreries pare son
front poli.

« C'est la reine, dit Kaherdin à voix basse.

— La reine ? dit Tristan ; non, c'est Camille, sa servante. »

Alors s'en vient, sur un palefroi vair, une autre damoi-
selle, plus blanche que neige en février, plus vermeille que
rose ; ses yeux clairs frémissent comme l'étoile dans la fontaine.

« Or, je la vois, c'est la reine ! dit Kaherdin.

— Eh ! non, dit Tristan, c'est Brangien la Fidèle. »

Mais la route s'éclaira tout à coup, comme si le soleil ruisselait soudain à travers les feuillages des grands arbres, et
Iseut la Blonde apparut. Le duc Andret, que Dieu honnisse !
chevauchait à sa droite.

À cet instant, partirent du fourré d'épines des chants de

fauvettes et d'alouettes, et Tristan mettait en ces mélodies toute sa tendresse. La reine a compris le message de son ami. Elle remarque sur le sol la branche de coudrier où le chèvrefeuille s'enlace fortement, et songe en son cœur : « Ainsi va de nous, ami ; ni vous sans moi, ni moi sans vous. » Elle arrête son palefroi, descend, vient vers une haquenée [1] qui portait une niche enrichie de pierreries ; là, sur un tapis de pourpre, était couché le chien Petit-Crû : elle le prend entre ses bras, le flatte de la main, le caresse de son manteau d'hermine, lui fait mainte fête. Puis, l'ayant replacé dans sa châsse, elle se tourne vers le fourré d'épines et dit à voix haute :

« Oiseaux de ce bois, qui m'avez réjouie de vos chansons, je vous prends à louage. Tandis que mon seigneur Marc chevauchera jusqu'à la Blanche-Lande, je veux séjourner dans mon château de Saint-Lubin. Oiseaux, faites-moi cortège jusque-là ; ce soir, je vous récompenserai richement, comme de bons ménestrels. »

Tristan retint ses paroles et se réjouit. Mais déjà Andret le Félon s'inquiétait. Il remit la reine en selle, et le cortège s'éloigna.

Or, écoutez une male aventure. Dans le temps où passait le cortège royal, là-bas, sur l'autre route où Gorvenal et l'écuyer de Kaherdin gardaient les chevaux de leurs seigneurs, survint un chevalier en armes, nommé Bleheri. Il reconnut de loin Gorvenal et l'écu de Tristan : « Qu'ai-je vu ? pensa-t-il ; c'est Gorvenal et cet autre est Tristan lui-même. » Il éperonna son cheval vers eux et cria : « Tristan ! » Mais déjà les deux écuyers avaient tourné bride et fuyaient. Bleheri, lancé à leur poursuite, répétait :

« Tristan ! arrête, je t'en conjure par ta prouesse ! »

---

1. Petit cheval facile à monter.

Mais les écuyers ne se retournèrent pas. Alors Bleheri cria :

« Tristan, arrête, je t'en conjure par le nom d'Iseut la Blonde ! »

Trois fois il conjura les fuyards par le nom d'Iseut la Blonde. Vainement : ils disparurent, et Bleheri ne put atteindre qu'un de leurs chevaux, qu'il emmena comme sa capture. Il parvint au château de Saint-Lubin au moment où la reine venait de s'y héberger. Et, l'ayant trouvée seule, il lui dit :

« Reine, Tristan est dans ce pays. Je l'ai vu sur la route abandonnée qui vient de Tintagel. Il a pris la fuite. Trois fois je lui ai crié de s'arrêter, le conjurant au nom d'Iseut la Blonde ; mais il avait pris peur, il n'a pas osé m'attendre.

— Beau sire, vous dites mensonge et folie : comment Tristan serait-il en ce pays ? Comment aurait-il fui devant vous ? Comment ne se serait-il pas arrêté, conjuré par mon nom ?

— Pourtant, dame, je l'ai vu, à telles enseignes que j'ai pris l'un de ses chevaux. Voyez-le tout harnaché, là-bas, sur l'aire. »

Mais Bleheri vit Iseut courroucée. Il en eut deuil, car il aimait Tristan et la reine. Il la quitta, regrettant d'avoir parlé.

Alors, Iseut pleura et dit : « Malheureuse ! j'ai trop vécu, puisque j'ai vu le jour où Tristan me raille et me honnit ! Jadis, conjuré par mon nom, quel ennemi n'aurait-il pas affronté ? Il est hardi de son corps : s'il a fui devant Bleheri, s'il n'a pas daigné s'arrêter au nom de son amie, ah ! c'est que l'autre Iseut le possède ! Pourquoi est-il revenu ? Il m'avait trahie, il a voulu me honnir par surcroît ! N'avait-il pas assez de mes tourments anciens ? Qu'il s'en retourne donc, honni à son tour, vers Iseut aux Blanches Mains ! »

Elle appela Perinis le Fidèle, et lui redit les nouvelles que Bleheri lui avait portées. Elle ajouta :

« Ami, cherche Tristan sur la route abandonnée qui va de Tintagel à Saint-Lubin. Tu lui diras que je ne le salue pas, et qu'il ne soit pas si hardi que d'oser approcher de moi, car je le ferais chasser par les sergents et les valets. »

Perinis se mit en quête, tant qu'il trouva Tristan et Kaherdin. Il leur fit le message de la reine.

« Frère, s'écria Tristan, qu'as-tu dit ? Comment aurais-je fui devant Bleheri, puisque, tu le vois, nous n'avons pas même nos chevaux ? Gorvenal et un écuyer les gardaient, nous ne les avons pas retrouvés au lieu désigné, et nous les cherchons encore. »

À cet instant revinrent Gorvenal et l'écuyer de Kaherdin : ils confessèrent leur aventure.

« Perinis, beau doux ami, dit Tristan, retourne en hâte vers ta dame. Dis-lui que je lui envoie salut et amour, que je n'ai pas failli à la loyauté que je lui dois, qu'elle m'est chère par-dessus toutes les femmes ; dis-lui qu'elle te renvoie vers moi me porter sa merci ; j'attendrai ici que tu reviennes. »

Perinis retourna donc vers la reine et lui redit ce qu'il avait vu et entendu. Mais elle ne le crut pas :

« Ah ! Perinis, tu étais mon privé et mon fidèle, et mon père t'avait destiné, tout enfant, à me servir. Mais Tristan l'enchanteur t'a gagné par ses mensonges et ses présents. Toi aussi, tu m'as trahie ; va-t'en ! »

Perinis s'agenouilla devant elle :

« Dame, j'entends paroles dures. Jamais je n'eus telle peine en ma vie. Mais peu me chaut de moi : j'ai deuil pour vous, dame, qui faites outrage à mon seigneur Tristan, et qui trop tard en aurez regret.

— Va-t'en, je ne te crois pas ! Toi aussi, Perinis, Perinis le Fidèle, tu m'as trahie ! »

Tristan attendit longtemps que Perinis lui portât le pardon de la reine. Perinis ne vint pas.

Au matin, Tristan s'atourne d'une grande chape en lambeaux. Il peint par places son visage de vermillon et de brou de noix, en sorte qu'il ressemble à un malade rongé par la lèpre. Il prend en ses mains un hanap de bois veiné à recueillir les aumônes, et une crécelle de ladre.

Il entre dans les rues de Saint-Lubin, et, muant sa voix, mendie à tous venants. Pourra-t-il seulement apercevoir la reine ?

Elle sort enfin du château ; Brangien et ses femmes, ses valets et ses sergents l'accompagnent. Elle prend la voie qui mène à l'église. Le lépreux suit les valets, fait sonner sa crécelle, supplie à voix dolente :

« Reine, faites-moi quelque bien ; vous ne savez, pas comme je suis besogneux ! »

À son beau corps, à sa stature, Iseut l'a reconnu. Elle frémit toute, mais ne daigne baisser son regard vers lui. Le lépreux l'implore, et c'est pitié de l'ouïr ; il se traîne après elle :

« Reine, si j'ose approcher de vous, ne vous courroucez pas ; ayez pitié de moi, je l'ai bien mérité ! »

Mais la reine appelle les valets et les sergents :

« Chassez ce ladre ! » leur dit-elle.

Les valets le repoussent, le frappent. Il leur résiste, et s'écrie :

« Reine, ayez pitié ! »

Alors Iseut éclata de rire. Son rire sonnait encore quand elle entra dans l'église. Quand il l'entendit rire, le lépreux s'en alla. La reine fit quelques pas dans la nef du moutier ! mais ses membres fléchirent ; elle tomba sur les genoux, puis sa tête se renversa en arrière et buta contre les dalles.

Le même jour, Tristan prit congé de Dinas, à tel déconfort qu'il semblait avoir perdu le sens, et sa nef appareilla pour la Bretagne.

Hélas! bientôt la reine se repentit. Quand elle sut par Dinas de Lidan que Tristan était parti à tel deuil, elle se prit à croire que Perinis lui avait dit la vérité; que Tristan n'avait pas fui, conjuré par son nom; qu'elle l'avait chassé à grand tort. «Quoi! pensait-elle, je vous ai chassé, vous, Tristan, ami! Vous me haïssez désormais, et jamais je ne vous reverrai. Jamais vous n'apprendrez seulement mon repentir, ni quel châtiment je veux m'imposer et vous offrir comme un gage menu de mon remords!»

De ce jour, pour se punir de son erreur et de sa folie, Iseut la Blonde revêtit un cilice et le porta contre sa chair.

18

Tristan fou [1]

El beivre fu la nostre mort.

THOMAS.

Tristan revit la Bretagne, Carhaix, le duc Hoël et sa femme Iseut aux Blanches Mains. Tous lui firent accueil, mais Iseut la Blonde l'avait chassé : rien ne lui était plus. Longuement, il languit loin d'elle ; puis, un jour, il songea qu'il voulait la revoir, dût-elle le faire encore battre vilement par ses sergents et ses valets. Loin d'elle, il savait sa mort sûre et prochaine ; plutôt mourir d'un coup que lentement, chaque jour ! Qui vit à douleur [2] est tel qu'un mort. Tristan désire la mort, il veut la mort : mais que la reine apprenne du moins qu'il a péri pour l'amour d'elle ; qu'elle l'apprenne, il mourra plus doucement.

Il partit de Carhaix sans avertir personne, ni ses parents, ni ses amis, ni même Kaherdin, son cher compagnon. Il partit misérablement vêtu, à pied : car nul ne prend garde aux

1. L'histoire de Tristan déguisé en fou pour revoir Yseut est racontée dans les *Folies* de Berne et d'Oxford.
2. Expression du français médiéval qui signifie «dans la souffrance».

pauvres truands qui cheminent sur les grandes routes. Il marcha tant qu'il atteignit le rivage de la mer.

Au port, une grande nef marchande appareillait : déjà les mariniers halaient la voile et levaient l'ancre pour cingler vers la haute mer.

« Dieu vous garde, seigneurs, et puissiez-vous naviguer heureusement ! Vers quelle terre irez-vous ?

— Vers Tintagel.

— Vers Tintagel ! Ah ! seigneurs, emmenez-moi ! »

Il s'embarque. Un vent propice gonfle la voile, la nef court sur les vagues. Cinq nuits et cinq jours elle vogua droit vers la Cornouailles, et le sixième jour jeta l'ancre dans le port de Tintagel.

Au delà du port, le château se dressait sur la mer, bien clos de toutes parts : on n'y pouvait entrer que par une seule porte de fer, et deux prud'hommes [1] la gardaient jour et nuit. Comment y pénétrer ?

Tristan descendit de la nef et s'assit sur le rivage. Il apprit d'un homme qui passait que Marc était au château et qu'il venait d'y tenir une grande cour.

« Mais où est la reine ? et Brangien, sa belle servante ?

— Elles sont aussi à Tintagel, et récemment je les ai vues : la reine Iseut semblait triste, comme à son ordinaire. »

Au nom d'Iseut, Tristan soupira et songea que, ni par ruse, ni par prouesse, il ne réussirait à revoir son amie : car le roi Marc le tuerait...

« Mais qu'importe qu'il me tue ? Iseut, ne dois-je pas mourir pour l'amour de vous ? Et que fais-je chaque jour, sinon mourir ? Mais vous pourtant, Iseut, si vous me saviez ici, daigneriez-vous seulement parler à votre ami ? Ne me feriez-vous pas chasser par vos sergents ? Oui, je veux tenter une

---

1. Un « preu d'hom » ou « preudom » en ancien français est un homme sage et valeureux.

ruse... Je me déguiserai en fou, et cette folie sera grande sagesse. Tel me tiendra pour assoté[1] qui sera moins sage que moi, tel me croira fou qui aura plus fou dans sa maison. »

Un pêcheur s'en venait, vêtu d'une gonelle de bure velue, à grand chaperon. Tristan le voit, lui fait un signe, le prend à l'écart.

« Ami, veux-tu troquer tes draps contre les miens ? Donne-moi ta cotte, qui me plaît fort. »

Le pêcheur regarda les vêtements de Tristan, les trouva meilleurs que les siens, les prit aussitôt et s'en alla bien vite, heureux de l'échange.

Alors Tristan tondit sa belle chevelure blonde, au ras de la tête, en y dessinant une croix. Il enduisit sa face d'une liqueur faite d'une herbe magique apportée de son pays, et aussitôt sa couleur et l'aspect de son visage muèrent si étrangement que nul homme au monde n'aurait pu le reconnaître. Il arracha d'une haie une pousse de châtaignier, s'en fit une massue et la pendit à son cou[2] ; les pieds nus, il marcha droit vers le château.

Le portier crut qu'assurément il était fou, et lui dit :

« Approchez ! où donc êtes-vous resté si longtemps ? »

Tristan contrefit sa voix et répondit :

« Aux noces de l'abbé du Mont, qui est de mes amis. Il a épousé une abbesse, une grosse dame voilée. De Besançon jusqu'au Mont tous les prêtres, abbés, moines et clercs ordonnés ont été mandés à ces épousailles : et tous sur la lande, portant bâtons et crosses, sautent, jouent et dansent à l'ombre des grands arbres. Mais je les ai quittés pour venir ici : car je dois aujourd'hui servir à la table du roi. »

Le portier lui dit :

---

1. Forme du verbe assoter : devenir fou ou stupide.
2. La massue est l'un des signes distinctifs du fou au Moyen Âge.

«Entrez donc, seigneur, fils d'Urgan le Velu; vous êtes grand et velu comme lui, et vous ressemblez assez à votre père.»

Quand il entra dans le bourg, jouant de sa massue, valets et écuyers s'amassèrent sur son passage, le pourchassant comme un loup :

«Voyez le fol! hu! hu! et hu!»

Ils lui lancent des pierres, l'assaillent de leurs bâtons; mais il leur tient tête en gambadant et se laisse faire : si on l'attaque à sa gauche, il se retourne et frappe à sa droite.

Au milieu des rires et des huées, traînant après lui la foule ameutée, il parvint au seuil de la porte où, sous le dais, aux côtés de la reine, le roi Marc était assis. Il approcha de la porte, pendit la massue à son cou et entra. Le roi le vit et dit :

«Voilà un beau compagnon; faites-le approcher.»

On l'amène, la massue au cou :

«Ami, soyez le bienvenu!»

Tristan répondit, de sa voix étrangement contrefaite :

«Sire, bon et noble entre tous les rois, je le savais, qu'à votre vue mon cœur se fondrait de tendresse. Dieu vous protège, beau sire!

— Ami, qu'êtes-vous venu querir céans[1]?

— Iseut, que j'ai tant aimée. J'ai une sœur que je vous amène, la très belle Brunehaut. La reine vous ennuie, essayez de celle-ci : faisons l'échange, je vous donne ma sœur, baillez-moi Iseut; je la prendrai et vous servirai par amour.»

Le roi s'en rit et dit au fou :

«Si je te donne la reine, qu'en voudras-tu faire? Où l'emmèneras-tu?

— Là-haut, entre le ciel et la nue, dans ma belle maison

---

1. Ici ou à l'intérieur.

de verre. Le soleil la traverse de ses rayons, les vents ne peuvent l'ébranler ; j'y porterai la reine en une chambre de cristal, toute fleurie de roses, toute lumineuse au matin quand le soleil la frappe. »

Le roi et ses barons se dirent entre eux :

« Voilà un bon fou, habile en paroles ! »

Il s'était assis sur un tapis et regardait tendrement Iseut.

« Ami, lui dit Marc, d'où te vient l'espoir que ma dame prendra garde à un fou hideux comme toi ?

— Sire, j'y ai bien droit : j'ai accompli pour elle maint travail, et c'est par elle que je suis devenu fou.

— Qui donc es-tu ?

— Je suis Tristan, celui qui a tant aimé la reine, et qui l'aimera jusqu'à la mort. »

À ce nom, Iseut soupira, changea de couleur et, courroucée, lui dit :

« Va-t'en ! Qui t'a fait entrer céans ? Va-t'en, mauvais fou ! »

Le fou remarqua sa colère et dit :

« Reine Iseut, ne vous souvient-il pas du jour où, navré par l'épée empoisonnée du Morholt, emportant ma harpe sur la mer, j'ai été poussé vers vos rivages ? Vous m'avez guéri. Ne vous en souvient-il plus, reine ? »

Iseut répondit :

« Va-t'en d'ici, fou ; ni tes jeux ne me plaisent, ni toi. »

Aussitôt, le fou se retourna vers les barons, les chassa vers la porte en criant :

« Folles gens, hors d'ici ! Laissez-moi seul tenir conseil avec Iseut ; car je suis venu céans pour l'aimer. »

Le roi s'en rit, Iseut rougit :

« Sire, chassez ce fou ! »

Mais le fou reprit, de sa voix étrange :

« Reine Iseut, ne vous souvient-il pas du grand dragon que j'ai occis en votre terre ? J'ai caché sa langue dans ma

chausse, et, tout brûlé par son venin, je suis tombé près du
marécage. J'étais alors un merveilleux chevalier!... et j'attendais la mort, quand vous m'avez secouru.»

Iseut répond :

«Tais-toi, tu fais injure aux chevaliers, car tu n'es qu'un
fou de naissance. Maudits soient les mariniers qui t'appor-
tèrent ici, au lieu de te jeter à la mer!»

Le fou éclata de rire et poursuivit :

«Reine Iseut, ne vous souvient-il pas du bain où vous vou-
liez me tuer de mon épée? et du conte du cheveu d'or qui
vous apaisa? et comment je vous ai défendue contre le
sénéchal couard?

— Taisez-vous, méchant conteur! Pourquoi venez-vous
ici débiter vos songeries? Vous étiez ivre hier soir sans
doute, et l'ivresse vous a donné ces rêves.

— C'est vrai, je suis ivre, et de telle boisson que jamais
cette ivresse ne se dissipera. Reine Iseut, ne vous souvient-
il pas de ce jour si beau, si chaud, sur la haute mer? Vous
aviez soif, ne vous en souvient-il pas, fille de roi? Nous
bûmes tous deux au même hanap. Depuis, j'ai toujours été
ivre, et d'une mauvaise ivresse...»

Quand Iseut entendit ces paroles qu'elle seule pouvait
comprendre, elle se cacha la tête dans son manteau, se leva
et voulut s'en aller. Mais le roi la retint par sa chape d'hermine et la fit rasseoir à ses côtés :

«Attendez un peu, Iseut, amie, que nous entendions ces
folies jusqu'au bout. Fou, quel métier sais-tu faire?

— J'ai servi des rois et des comtes.

— En vérité, sais-tu chasser aux chiens? aux oiseaux?

— Certes, quand il me plaît de chasser en forêt, je sais
prendre, avec mes lévriers, les grues qui volent dans les
nuées; avec mes limiers, les cygnes, les oies bises ou
blanches, les pigeons sauvages; avec mon arc, les plongeons
et les butors!»

Tous s'en rirent bonnement, et le roi demanda :

« Et que prends-tu, frère, quand tu chasses au gibier de rivière ?

— Je prends tout ce que je trouve : avec mes autours, les loups des bois et les grands ours ; avec mes gerfauts, les sangliers ; avec mes faucons, les chevreuils et les daims ; les renards, avec mes éperviers ; les lièvres, avec mes émerillons. Et quand je rentre chez qui m'héberge, je sais bien jouer de la massue, partager les tisons entre les écuyers, accorder ma harpe et chanter en musique, et aimer les reines, et jeter par les ruisseaux des copeaux bien taillés. En vérité, ne suis-je pas bon ménestrel ? Aujourd'hui, vous avez vu comme je sais m'escrimer du bâton. »

Et il frappe de sa massue autour de lui.

« Allez-vous-en d'ici, crie-t-il, seigneurs cornouaillais ! Pourquoi rester encore ? N'avez-vous pas déjà mangé ? N'êtes-vous pas repus ? »

Le roi, s'étant diverti du fou, demanda son destrier et ses faucons et emmena en chasse chevaliers et écuyers.

« Sire, lui dit Iseut, je me sens lasse et dolente. Permettez que j'aille reposer dans ma chambre ; je ne puis écouter plus longtemps ces folies. »

Elle se retira toute pensive en sa chambre, s'assit sur son lit, et mena grand deuil :

« Chétive ! pourquoi suis-je née ? J'ai le cœur lourd et marri. Brangien, chère sœur, ma vie est si âpre et si dure que mieux me vaudrait la mort ! Il y a là un fou, tondu en croix, venu céans à la male heure : ce fou, ce jongleur est enchanteur ou devin, car il sait de point en point mon être et ma vie ; il sait des choses que nul ne sait, hormis vous, moi et Tristan ; il les sait, le truand, par enchantement et sortilège. »

Brangien répondit :

« Ne serait-ce pas Tristan lui-même ?

— Non, car Tristan est beau et le meilleur des chevaliers ; mais cet homme est hideux et contrefait. Maudit soit-il de Dieu ! maudite soit l'heure où il est né, et maudite la nef qui l'apporta, au lieu de le noyer là-dehors, sous les vagues profondes !

— Apaisez-vous, dame, dit Brangien. Vous savez trop bien, aujourd'hui, maudire et excommunier ! Où donc avez-vous appris un tel métier ? Mais peut-être cet homme serait-il le messager de Tristan ?

— Je ne crois pas, je ne l'ai pas reconnu. Mais allez le trouver, belle amie, parlez-lui, voyez si vous le reconnaîtrez. »

Brangien s'en fut vers la salle où le fou, assis sur un banc, était resté seul. Tristan la reconnut, laissa tomber sa massue et lui dit :

« Brangien, franche Brangien, je vous conjure par Dieu, ayez pitié de moi !

— Vilain fou, quel diable vous a enseigné mon nom ?

— Belle, dès longtemps je l'ai appris ! Par mon chef, qui naguère fut blond, si la raison s'est enfuie de cette tête, c'est vous, belle, qui en êtes cause. N'est-ce pas vous qui deviez garder le breuvage que je bus sur la haute mer ? J'en bus à la grande chaleur dans un hanap d'argent, et je le tendis à Iseut. Vous seule l'avez su, belle : ne vous en souvient-il plus ?

— Non ! » répondit Brangien, et, toute troublée, elle se rejeta vers la chambre d'Iseut ; mais le fou se précipita derrière elle, criant : « Pitié ! »

Il entre, il voit Iseut, s'élance vers elle, les bras tendus, veut la serrer sur sa poitrine ; mais, honteuse, mouillée d'une sueur d'angoisse, elle se rejette en arrière, l'esquive ; et, voyant qu'elle évite son approche, Tristan tremble de vergogne et de colère, se recule vers la paroi, près de la porte ; et, de sa voix toujours contrefaite :

« Certes, dit-il, j'ai vécu trop longtemps, puisque j'ai vu le jour où Iseut me repousse, ne daigne m'aimer, me tient pour vil! Ah! Iseut, qui bien aime tard oublie! Iseut, c'est une chose belle et précieuse qu'une source abondante qui s'épanche et court à flots larges et clairs; le jour où elle se dessèche, elle ne vaut plus rien : tel un amour qui tarit. »

Iseut répondit :

« Frère, je vous regarde, je doute, je tremble, je ne sais, je ne reconnais pas Tristan.

— Reine Iseut, je suis Tristan, celui qui vous a tant aimée. Ne vous souvient-il pas du nain qui sema la farine entre nos lits? et du bond que je fis et du sang qui coula de ma blessure? et du présent que je vous adressai, le chien Petit-Crû au grelot magique? Ne vous souvient-il pas des morceaux de bois bien taillés que je jetais au ruisseau? »

Iseut le regarde, soupire, ne sait que dire et que croire, voit bien qu'il sait toutes choses, mais ce serait folie d'avouer qu'il est Tristan; et Tristan lui dit;

« Dame reine, je sais bien que vous vous êtes retirée de moi et je vous accuse de trahison. J'ai connu, pourtant, belle, des jours où vous m'aimiez d'amour. C'était dans la forêt profonde, sous la loge de feuillage. Vous souvient-il encore du jour où je vous donnai mon bon chien Husdent? Ah! celui-là m'a toujours aimé, et pour moi il quitterait Iseut la Blonde. Où est-il? Qu'en avez-vous fait? Lui, du moins, il me reconnaîtrait.

— Il vous reconnaîtrait? Vous dites folie; car, depuis que Tristan est parti, il reste là-bas, couché dans sa niche, et s'élance contre tout homme qui s'approche de lui. Brangien, amenez-le-moi. »

Brangien l'amène.

« Viens çà, Husdent, dit Tristan; tu étais à moi, je te reprends. »

Quand Husdent entend sa voix, il fait voler sa laisse des

mains de Brangien, court à son maître, se roule à ses pieds, lèche ses mains, aboie de joie.

« Husdent, s'écrie le fou, bénie soit, Husdent, la peine que j'ai mise à te nourrir ! Tu m'as fait meilleur accueil que celle que j'aimais tant. Elle ne veut pas me reconnaître : reconnaîtra-t-elle seulement cet anneau qu'elle me donna jadis, avec des pleurs et des baisers, au jour de la séparation ? Ce petit anneau de jaspe ne m'a guère quitté : souvent je lui ai demandé conseil dans mes tourments, souvent j'ai mouillé ce jaspe vert de mes chaudes larmes. »

Iseut a vu l'anneau. Elle ouvre ses bras tout grands :

« Me voici ! Prends-moi, Tristan ! »

Alors Tristan cessa de contrefaire sa voix :

« Amie, comment m'as-tu si longtemps pu méconnaître, plus longtemps que ce chien ? Qu'importe cet anneau ? Ne sens-tu pas qu'il m'aurait été plus doux d'être reconnu au seul rappel de nos amours passées ? Qu'importe le son de ma voix ? C'est le son de mon cœur que tu devais entendre.

— Ami, dit Iseut, peut-être l'ai-je entendu plus tôt que tu ne penses ; mais nous sommes enveloppés de ruses : devais-je, comme ce chien, suivre mon désir, au risque de te faire prendre et tuer sous mes yeux ? Je me gardais et je te gardais. Ni le rappel de ta vie passée, ni le son de ta voix, ni cet anneau même ne me prouvent rien, car ce peuvent être les jeux méchants d'un enchanteur. Je me rends pourtant, à la vue de l'anneau : n'ai-je pas juré que, sitôt que je le reverrais, dussé-je me perdre, je ferais toujours ce que tu me manderais, que ce fût sagesse ou folie ? Sagesse ou folie, me voici ; prends-moi, Tristan ! »

Elle tomba pâmée sur la poitrine de son ami. Quand elle revint à elle, Tristan la tenait embrassée et baisait ses yeux et sa face. Il entre avec elle sous la courtine. Entre ses bras il tient la reine.

Pour s'amuser du fou, les valets l'hébergèrent sous les degrés de la salle, comme un chien dans un chenil. Il endurait doucement leurs railleries et leurs coups, car parfois, reprenant sa forme et sa beauté, il passait de son taudis à la chambre de la reine.

Mais, après quelques jours écoulés, deux chambrières soupçonnèrent la fraude ; elles avertirent Andret, qui aposta devant les chambres des femmes trois espions bien armés. Quand Tristan voulut franchir la porte :

« Arrière, fou, crièrent-ils, retourne te coucher sur ta botte de paille !

— Eh quoi ! beaux seigneurs, dit le fou, ne faut-il pas que j'aille ce soir embrasser la reine ? Ne savez-vous pas qu'elle m'aime et qu'elle m'attend ? »

Tristan brandit sa massue ; ils eurent peur et le laissèrent entrer. Il prit Iseut entre ses bras :

« Amie, il me faut fuir déjà, car bientôt je serais découvert. Il me faut fuir et jamais sans doute je ne reviendrai. Ma mort est prochaine : loin de vous, je mourrai de mon désir.

— Ami, ferme tes bras et accole-moi si étroitement que, dans cet embrassement, nos deux cœurs se rompent et nos âmes s'en aillent ! Emmène-moi au pays fortuné dont tu parlais jadis : au pays dont nul ne retourne, où des musiciens insignes chantent des chants sans fin. Emmène-moi !

— Oui, je t'emmènerai au pays fortuné des Vivants. Le temps approche ; n'avons-nous pas bu déjà toute misère et toute joie ? Le temps approche ; quand il sera tout accompli, si je t'appelle, Iseut, viendras-tu ?

— Ami, appelle-moi, tu le sais bien que je viendrai !

— Amie ! que Dieu t'en récompense ! »

Lorsqu'il franchit le seuil, les espions se jetèrent contre lui. Mais le fou éclata de rire, fit tourner sa massue et dit :

« Vous me chassez, beaux seigneurs ; à quoi bon ? Je n'ai

plus que faire céans, puisque ma dame m'envoie au loin préparer la maison claire que je lui ai promise, la maison de cristal, fleurie de roses, lumineuse au matin quand reluit le soleil!

— Va-t'en donc, fou, à la male heure!»

Les valets s'écartèrent, et le fou, sans se hâter, s'en fut en dansant.

La mort

Amor condusse noi ad una morte.

DANTE, *Inf.*, ch. V.

À peine était-il revenu en Petite-Bretagne, à Carhaix, il advint que Tristan, pour porter aide à son cher compagnon Kaherdin, guerroya un baron nommé Bedalis. Il tomba dans une embuscade dressée par Bedalis et ses frères. Tristan tua les sept frères. Mais lui-même fut blessé d'un coup de lance, et la lance était empoisonnée.

Il revint à grand'peine jusqu'au château de Carhaix et fit appareiller ses plaies. Les médecins vinrent en nombre, mais nul ne sut le guérir du venin, car ils ne le découvrirent même pas. Ils ne surent faire aucun emplâtre, pour attirer le poison au dehors ; vainement ils battent et broient leurs racines, cueillent des herbes, composent des breuvages : Tristan ne fait qu'empirer, le venin s'épand par son corps ; il blêmit et ses os commencent à se découvrir.

Il sentit que sa vie se perdait, il comprit qu'il fallait mourir. Alors il voulut revoir Iseut la Blonde. Mais comment aller vers elle ? Il est si faible que la mer le tuerait ; et si même il parvenait en Cornouailles, comment y échapper à ses ennemis ? Il se lamente, le venin l'angoisse, il attend la mort.

Il manda Kaherdin en secret pour lui découvrir sa douleur, car tous deux s'aimaient d'un loyal amour. Il voulut que personne ne restât dans sa chambre, hormis Kaherdin, et même que nul ne se tînt dans les salles voisines. Iseut, sa femme, s'émerveilla en son cœur de cette étrange volonté. Elle en fut tout effrayée et voulut entendre l'entretien. Elle vint s'appuyer en dehors de la chambre, contre la paroi qui touchait au lit de Tristan. Elle écoute ; un de ses fidèles, pour que nul ne la surprenne, guette au dehors.

Tristan rassemble ses forces, se redresse, s'appuie contre la muraille ; Kaherdin s'assied près de lui, et tous deux pleurent ensemble tendrement. Ils pleurent le bon compagnonnage d'armes, si tôt rompu, leur grande amitié et leurs amours ; et l'un se lamente sur l'autre.

« Beau doux ami, dit Tristan, je suis sur une terre étrangère, où je n'ai ni parent, ni ami, vous seul excepté ; vous seul, en cette contrée, m'avez donné joie et consolation. Je perds ma vie, je voudrais revoir Iseut la Blonde. Mais comment, par quelle ruse lui faire connaître mon besoin ? Ah ! si je savais un messager qui voulût aller vers elle, elle viendrait, tant elle m'aime ! Kaherdin, beau compagnon, par notre amitié, par la noblesse de votre cœur, par notre compagnonnage, je vous en requiers : tentez pour moi cette aventure, et si vous emportez mon message, je deviendrai votre homme lige et vous aimerai par-dessus tous les hommes. »

Kaherdin voit Tristan pleurer, se déconforter, se plaindre ; son cœur s'amollit de tendresse ; il répond doucement, par amour :

« Beau compagnon, ne pleurez plus, je ferai tout votre désir. Certes, ami, pour l'amour de vous je me mettrais en aventure de mort. Nulle détresse, nulle angoisse ne m'empêchera de faire selon mon pouvoir. Dites ce que vous voulez mander à la reine, et je fais mes apprêts. »

Tristan répondit :

« Ami, soyez remercié ! Or, écoutez ma prière. Prenez cet anneau : c'est une enseigne entre elle et moi. Et quand vous arriverez en sa terre, faites-vous passer à la cour pour un marchand. Présentez-lui des étoffes de soie, faites qu'elle voie cet anneau : aussitôt elle cherchera une ruse pour vous parler en secret. Alors, dites-lui que mon cœur la salue ; que, seule, elle peut me porter réconfort ; dites-lui que, si elle ne vient pas, je meurs ; dites-lui qu'il lui souvienne de nos plaisirs passés, et des grandes peines, et des grandes tristesses, et des joies, et des douleurs de notre amour loyal et tendre ; qu'il lui souvienne du breuvage que nous bûmes ensemble sur la mer ; ah ! c'est notre mort que nous avons bue ! Qu'il lui souvienne du serment que je lui fis de n'aimer jamais qu'elle : j'ai tenu cette promesse ! »

Derrière la paroi, Iseut aux Blanches Mains entendit ces paroles ; elle défaillit presque.

« Hâtez-vous, compagnon, et revenez bientôt vers moi ; si vous tardez, vous ne me reverrez plus. Prenez un terme de quarante jours et ramenez Iseut la Blonde. Cachez votre départ à votre sœur, ou dites que vous allez querir un médecin. Vous emmènerez ma belle nef ; prenez avec vous deux voiles, l'une blanche, l'autre noire. Si vous ramenez la reine Iseut, dressez au retour la voile blanche ; et, si vous ne la ramenez pas, cinglez avec la voile noire. Ami, je n'ai plus rien à vous dire : que Dieu vous guide et vous ramène sain et sauf ! »

Il soupire, pleure et se lamente, et Kaherdin pleure pareillement, baise Tristan et prend congé.

Au premier vent il se mit en mer. Les mariniers halèrent les ancres, dressèrent la voile, cinglèrent par un vent léger, et leur proue trancha les vagues hautes et profondes. Ils emportaient de riches marchandises : des draps de soie teints de couleurs rares, de la belle vaisselle de Tours, des vins de Poitou, des gerfauts d'Espagne, et par cette ruse Kaherdin pensait parvenir auprès d'Iseut. Huit jours et huit nuits, ils fendirent les vagues et voguèrent à pleines voiles vers la Cornouailles.

Colère de femme est chose redoutable, et que chacun s'en garde ! Là où une femme aura le plus aimé, là aussi elle se vengera le plus cruellement. L'amour des femmes vient vite, et vite vient leur haine ; et leur inimitié, une fois venue, dure plus que l'amitié. Elles savent tempérer l'amour, mais non la haine. Debout contre la paroi, Iseut aux Blanches Mains avait entendu chaque parole. Elle avait tant aimé Tristan !... Elle connaissait enfin son amour pour une autre. Elle retint les choses entendues : si elle le peut un jour, comme elle se vengera sur ce qu'elle aime le plus au monde ! Pourtant, elle n'en fit nul semblant, et dès qu'on ouvrit les portes, elle entra dans la chambre de Tristan, et, cachant son courroux, continua de le servir et de lui faire belle chère, ainsi qu'il sied à une amante. Elle lui parlait doucement, le baisait sur les lèvres, et lui demandait si Kaherdin reviendrait bientôt avec le médecin qui devait le guérir. Mais toujours elle cherchait sa vengeance.

Kaherdin ne cessa de naviguer, tant qu'il jeta l'ancre dans le port de Tintagel. Il prit sur son poing un grand autour, il prit un drap de couleur rare, une coupe bien ciselée : il en fit présent au roi Marc et lui demanda courtoisement sa sauvegarde et sa paix, afin qu'il pût trafiquer en sa terre, sans craindre nul dommage de chambellan ni de vicomte. Et le roi le lui octroya devant tous les hommes de son palais.

Alors, Kaherdin offrit à la reine un fermail ouvré d'or fin :

« Reine, dit-il, l'or en est bon » ; et, retirant de son doigt l'anneau de Tristan, il le mit à côté du joyau : « Voyez, reine, l'or de ce fermail est plus riche, et pourtant l'or de cet anneau a bien son prix. »

Quand Iseut reconnut l'anneau de jaspe vert, son cœur frémit et sa couleur mua, et, redoutant ce qu'elle allait ouïr, elle attira Kaherdin à l'écart près d'une croisée, comme pour mieux voir et marchander le fermail. Kaherdin lui dit simplement :

« Dame, Tristan est blessé d'une épée empoisonnée et va mourir. Il vous mande que, seule, vous pouvez lui porter réconfort. Il vous rappelle les grandes peines et les douleurs que vous avez subies ensemble. Gardez cet anneau, il vous le donne. »

Iseut répondit, défaillante :

« Ami, je vous suivrai. Demain, au matin, que votre nef soit prête à l'appareillage ! »

Le lendemain, au matin, la reine dit qu'elle voulait chasser au faucon et fit préparer ses chiens et ses oiseaux. Mais le duc Andret, qui toujours guettait, l'accompagna. Quand ils furent aux champs, non loin du rivage de la mer, un faisan s'enleva. Andret laissa aller un faucon pour le prendre ; mais le temps était clair et beau : le faucon s'essora et disparut.

« Voyez, sire Andret, dit la reine : le faucon s'est perché là-bas, au port, sur le mât d'une nef que je ne connaissais pas. À qui est-elle ?

— Dame, fit Andret, c'est la nef de ce marchand de Bretagne qui hier vous présenta un fermail d'or. Allons-y reprendre notre faucon. »

Kaherdin avait jeté une planche, comme un ponceau, de sa nef au rivage. Il vint à la rencontre de la reine :

« Dame, s'il vous plaisait, vous entreriez dans ma nef, et je vous montrerais mes riches marchandises.

— Volontiers, sire », dit la reine.

Elle descend de cheval, va droit à la planche, la traverse, entre dans la nef. Andret veut la suivre, et s'engage sur la planche : mais Kaherdin, debout sur le plat-bord, le frappe de son aviron ; Andret trébuche et tombe dans la mer. Il veut se reprendre ; Kaherdin le refrappe à coups d'aviron et le rabat sous les eaux, et crie :

« Meurs, traître ! Voici ton salaire pour tout le mal que tu as fait souffrir à Tristan et à la reine Iseut ! »

Ainsi Dieu vengea les amants des félons qui les avaient tant haïs ! Tous quatre sont morts : Guenelon, Gondoïne, Denoalen, Andret.

L'ancre était relevée, le mât dressé, la voile tendue. Le vent frais du matin bruissait dans les haubans et gonflait les toiles. Hors du port, vers la haute mer toute blanche et lumineuse au loin sous les rais du soleil, la nef s'élança.

À Carhaix, Tristan languit. Il convoite la venue d'Iseut. Rien ne le conforte plus, et s'il vit encore, c'est qu'il l'attend. Chaque jour, il envoyait au rivage guetter si la nef revenait, et la couleur de sa voile ; nul autre désir ne lui tenait plus au cœur. Bientôt il se fit porter sur la falaise de Penmarch, et, si longtemps que le soleil se tenait à l'horizon, il regardait au loin la mer.

Écoutez, seigneurs, une aventure douloureuse, pitoyable à ceux qui aiment. Déjà Iseut approchait ; déjà la falaise de Penmarch surgissait au loin, et la nef cinglait plus joyeuse. Un vent d'orage grandit tout à coup, frappe droit contre la voile et fait tourner la nef sur elle-même. Les mariniers courent au lof, et contre leur gré virent en arrière. Le vent fait rage, les vagues profondes s'émeuvent, l'air s'épaissit en ténèbres, la mer noircit, la pluie s'abat en rafales. Haubans [1] et boulines [2] se rompent, les mariniers baissent la voile et louvoient au gré de l'onde et du vent. Ils avaient, pour leur

---

1. Gros cordage qui maintient le mât d'un bateau.
2. Longues cordes qui tiennent la voile de biais.

malheur, oublié de hisser à bord la barque amarrée à la poupe et qui suivait le sillage de la nef. Une vague la brise et l'emporte.

Iseut s'écrie :

« Hélas ! chétive ! Dieu ne veut pas que je vive assez pour voir Tristan, mon ami, une fois encore, une fois seulement ; il veut que je sois noyée en cette mer. Tristan, si je vous avais parlé une fois encore, je me soucierais peu de mourir après. Ami, si je ne viens pas jusqu'à vous, c'est que Dieu ne le veut pas, et c'est ma pire douleur. Ma mort ne m'est rien : puisque Dieu la veut, je l'accepte ; mais, ami, quand vous l'apprendrez, vous mourrez, je le sais bien. Notre amour est de telle guise que vous ne pouvez mourir sans moi, ni moi sans vous. Je vois votre mort devant moi en même temps que la mienne. Hélas ! ami, j'ai failli à mon désir : il était de mourir dans vos bras, d'être ensevelie dans votre cercueil ; mais nous y avons failli. Je vais mourir seule, et, sans vous, disparaître dans la mer. Peut-être vous ne saurez pas ma mort, vous vivrez encore, attendant toujours que je vienne. Si Dieu le veut, vous guérirez même... Ah ! peut-être après moi vous aimerez une autre femme, vous aimerez Iseut aux Blanches Mains ! Je ne sais ce qui sera de vous : pour moi, ami, si je vous savais mort, je ne vivrais guère après. Que Dieu nous accorde, ami, ou que je vous guérisse, ou que nous mourions tous deux d'une même angoisse ! »

Ainsi gémit la reine, tant que dura la tourmente. Mais, après cinq jours, l'orage s'apaisa. Au plus haut du mât, Kaherdin hissa joyeusement la voile blanche, afin que Tristan reconnût de plus loin sa couleur. Déjà Kaherdin voit la Bretagne... Hélas ! presque aussitôt le calme suivit la tempête, la mer devint douce et toute plate, le vent cessa de gonfler la voile, et les mariniers louvoyèrent vainement en amont et en aval, en avant et en arrière. Au loin, ils apercevaient la côte, mais la tempête avait emporté leur barque, en sorte qu'ils ne pouvaient atterrir. À la troisième nuit, Iseut songea qu'elle tenait en son giron la tête d'un grand sanglier qui honnissait[1] sa robe de sang, et connut par là qu'elle ne reverrait plus son ami vivant.

Tristan était trop faible désormais pour veiller encore sur la falaise de Penmarch, et depuis de longs jours, enfermé loin du rivage, il pleurait pour Iseut qui ne venait pas. Dolent et las, il se plaint, soupire, s'agite ; peu s'en faut qu'il ne meure de son désir.

Enfin, le vent fraîchit et la voile blanche apparut. Alors, Iseut aux Blanches Mains se vengea.

Elle vient vers le lit de Tristan et dit :

«Ami, Kaherdin arrive. J'ai vu sa nef en mer : elle avance à grand'peine ; pourtant je l'ai reconnue ; puisse-t-il apporter ce qui doit vous guérir !»

Tristan tressaille :

«Amie belle, vous êtes sûre que c'est sa nef ? Or, dites-moi comment est la voile.

— Je l'ai bien vue, ils l'ont ouverte et dressée très haut, car ils ont peu de vent. Sachez qu'elle est toute noire.»

Tristan se tourna vers la muraille et dit :

«Je ne puis retenir ma vie plus longtemps.» Il dit trois fois : «Iseut, amie !» À la quatrième, il rendit l'âme.

Alors, par la maison, pleurèrent les chevaliers, les compagnons de Tristan. Ils l'ôtèrent de son lit, l'étendirent sur un riche tapis et recouvrirent son corps d'un linceul.

Sur la mer, le vent s'était levé et frappait la voile en plein milieu. Il poussa la nef jusqu'à terre. Iseut la Blonde débarqua. Elle entendit de grandes plaintes par les rues, et les cloches sonner aux moutiers, aux chapelles. Elle demanda aux gens du pays pourquoi ces glas, pourquoi ces pleurs.

---

1. Souillait.

Un vieillard lui dit :

« Dame, nous avons une grande douleur. Tristan le franc, le preux, est mort. Il était large aux besogneux, secourable aux souffrants. C'est le pire désastre qui soit jamais tombé sur ce pays. »

Iseut l'entend, elle ne peut dire une parole. Elle monte vers le palais. Elle suit la rue, sa guimpe déliée. Les Bretons s'émerveillaient à la regarder ; jamais ils n'avaient vu femme d'une telle beauté. Qui est-elle ? D'où vient-elle ?

Auprès de Tristan, Iseut aux Blanches Mains, affolée par le mal qu'elle avait causé, poussait de grands cris sur le cadavre. L'autre Iseut entra et lui dit :

« Dame, relevez-vous, et laissez-moi approcher. J'ai plus de droits à le pleurer que vous, croyez-m'en. Je l'ai plus aimé. »

Elle se tourna vers l'orient et pria Dieu. Puis elle découvrit un peu le corps, s'étendit près de lui, tout le long de son ami, lui baisa la bouche et la face, et le serra étroitement : corps contre corps, bouche contre bouche, elle rend ainsi son âme ; elle mourut auprès de lui pour la douleur de son ami.

Quand le roi Marc apprit la mort des amants, il franchit la mer et, venu en Bretagne, fit ouvrir deux cercueils, l'un de calcédoine pour Iseut, l'autre de béryl pour Tristan. Il emporta sur sa nef vers Tintagel leurs corps aimés. Auprès d'une chapelle, à gauche et à droite de l'abside, il les ensevelit en deux tombeaux. Mais, pendant la nuit, de la tombe de Tristan jaillit une ronce verte et feuillue, aux forts rameaux, aux fleurs odorantes, qui, s'élevant par-dessus la chapelle, s'enfonça dans la tombe d'Iseut. Les gens du pays coupèrent la ronce : au lendemain elle renaît, aussi verte, aussi fleurie, aussi vivace, et plonge encore au lit d'Iseut la Blonde. Par trois fois ils voulurent la détruire ; vainement.

Enfin, ils rapportèrent la merveille au roi Marc : le roi défendit de couper la ronce désormais.

Seigneurs, les bons trouvères d'antan, Béroul et Thomas, et monseigneur Eilhart et maître Gottfried, ont conté ce conte pour tous ceux qui aiment, non pour les autres. Ils vous mandent par moi leur salut. Ils saluent ceux qui sont pensifs et ceux qui sont heureux, les mécontents et les désireux, ceux qui sont joyeux et ceux qui sont troublés, tous les amants. Puissent-ils trouver ici consolation contre l'inconstance, contre l'injustice, contre le dépit, contre la peine, contre tous les maux d'amour !

De l'enluminure

au texte

Agnès Verlet

De l'enluminure
au texte

Marc blessant à mort Tristan

*… L'enluminure des textes profanes se répand dans les
cours…*

Au Moyen Âge, où le livre est rare et cher, la copie
d'une œuvre sur un manuscrit est le plus souvent ornée
d'enluminures, images peintes qui s'associent au texte
et le transforment en un objet précieux. Le scribe copie
le texte, dans lequel il ménage des marges et des espaces
blancs dont il confie l'ornementation au peintre. Le
peintre d'enluminures s'attache à la décoration des
lettres majuscules, les *lettrines*, qu'il orne de motifs végé-
taux et animaliers. Puis des pages entières (pleines
pages) ou des cadres laissés vacants dans les pages
écrites sont confiés au peintre d'*ystoires*, à qui est com-
mandée l'illustration d'un thème donné. Les premiers
manuscrits enluminés, d'abord réalisés dans les monastères, sont des œuvres à sujets bibliques ou religieux.
Dès la fin du XIIe siècle, cependant, les monastères per-
dent le monopole de l'enluminure : celle-ci, à l'âge
gothique, se développe dans certaines villes de France
et des Flandres. L'enluminure des textes profanes se
répand dans les cours et dans toute la noblesse, le goût
de la lecture étant soutenu par le désir de posséder un

manuscrit de prix. Le cycle du roi Arthur, le *Roman de la Rose*, la légende de Tristan et Iseut sont les œuvres les plus demandées, et les commanditaires imposent aux enlumineurs des thèmes et des sujets précis. Certaines figures, comme Arthur, Lancelot ou Tristan, sont souvent représentées, mises en scène dans les situations ou les aventures qui les ont rendues populaires. Tel Tristan, dans ses actions chevaleresques, associé à Lancelot, Galaad ou Arthur, et dans ses combats avec le Morholt, le dragon ou Tristan le nain. Mais c'est évidemment son amour pour Iseut qui engendre le plus d'illustrations, avec une prédilection pour les scènes où les conséquences de la passion suscitent de l'émotion et du suspens : Tristan et Iseut buvant le philtre, la présentation d'Iseut à Marc, le roi épiant les amants du haut d'un arbre, le roi les surprenant dans la forêt, ou, comme ici, le roi se vengeant de Tristan et le blessant.

… réduire le mythe de Tristan et Iseut à une banale histoire de mari trompé…

Dans cette enluminure tardive du xve siècle, la situation choisie apparaît complexe. C'est d'abord un tableau d'amour courtois, puisqu'on voit la reine Iseut dans la chambre de son palais, attentive à la musique que lui chante Tristan, en troubadour, s'accompagnant de la harpe. Ce serait une simple scène de la vie de cour au Moyen Âge, si ne surgissait à la porte le roi en personne, brandissant une épée dont il transperce son neveu, qu'il a surpris dans la chambre conjugale. La scène paraît ainsi plus violente que courtoise, vengeance d'un roi sur un sujet, ou d'un mari sur l'amant de sa femme : le commanditaire a retenu la représen-

tation de l'amour adultère et de la vengeance d'un mari
bafoué qui tente de tuer son rival. Dans un livre célèbre
qui a fait date, *L'Amour et l'Occident*, le critique Denis
de Rougemont soutenait que l'adultère est le principal
ressort des intrigues romanesques dans la littérature
européenne. Or cette enluminure illustre un épisode
qui n'existe pas sous cette forme dans les versions de
Béroul et de Thomas. Privilégiant la punition infligée
aux amours illégitimes, elle a une visée édifiante : elle
moralise le mariage et la fidélité conjugale. Mettre en
scène le traditionnel trio amoureux (le mari, la femme
et l'amant) a pour effet de réduire le mythe de Tristan
et Iseut à une banale histoire de mari trompé.

Cette image un peu naïve est d'un grand intérêt
documentaire parce qu'elle représente un intérieur du
Moyen Âge tardif. Contrairement au roman de Béroul,
qui, au XIIe siècle, décrit comme une salle commune la
chambre où se trouvent les lits du roi Marc, de la reine
et de Tristan (ce qui permet à Tristan de passer d'un
seul bond de son lit à celui d'Iseut), la chambre est ici
une pièce isolée, ouverte sur l'extérieur par une porte
arrondie en cintre. Le sol est un carrelage en damier,
noir et jaune, et le lit, surélevé par une estrade, occupe
toute la pièce. Les tissus et tentures de couleur révèlent
un souci ornemental : la richesse de cette chambre
royale est mise en évidence par le lit à baldaquin, dont
le côté gauche est protégé du mur par une tenture
rouge ; le lit est recouvert d'un jeté mauve dont les plis
retombent élégamment de chaque côté. La couleur
rouge, qui signifie la passion mais aussi la puissance,
couleur chaude, se voit renforcée par l'ocre du ciel de
lit et du baldaquin, orné d'une passementerie rouge,
bleu et or, et de deux glands décoratifs. Loin d'être seu-

lement la salle rustique d'un château médiéval, il s'agit d'une chambre à la décoration recherchée.

... la silhouette menaçante du roi qui fait irruption dans la pièce...

Le contraste entre l'intérieur et l'extérieur est souligné par la nette différenciation entre l'espace clos et ornementé de la chambre, et le ciel bleu sombre du dehors, sur lequel se détache la silhouette menaçante du roi qui fait irruption dans la pièce. Le seuil élevé sur lequel il prend appui sépare visuellement un lieu intime, favorable à l'amour et à la musique, et un monde hostile, d'où viennent la vengeance et la cruauté : la courtoisie et le pouvoir guerrier. Le roi est représenté dans sa puissance par des signes extérieurs convenus : la couronne d'or fleurdelysée et richement ornée, le lourd collier d'or, et la ceinture. La reine, son épouse, assise au bord du lit, porte les mêmes attributs, la couronne, le collier, et une large ceinture ouvragée. Debout entre les deux, proche de la reine qui semble le tenir à distance par un geste de la main droite, Tristan n'est pas ici le chevalier qui a vaincu le Morholt et le dragon, et qui réclame au roi son épée le jour où il lui rend Iseut : il apparaît en troubadour, tel qu'il s'est présenté le premier jour à la cour du roi Marc, gentilhomme qui sait chanter des lais, jouer de la harpe et qui connaît l'art de la vénerie. La tête couverte d'un simple chapeau, vêtu d'une longue robe aux plis élégants, sans épée ni couronne, Tristan chante pour séduire Iseut et lui dire son amour. Dans cette scène, le peintre a souligné par les couronnes et les accessoires précieux la relation sociale (et conjugale) qui unit le roi et la reine ; mais c'est par la spatialisation des figures qu'il met en évidence la proximité réelle des amants : dans l'intimité de la chambre, sur l'estrade près du lit, revêtus de robes de cour, ils sont l'un près de l'autre, unis par une complicité sensuelle et sentimentale. Assise sur son lit, Iseut, dont le visage penché et la main levée indiquent une certaine réserve, semble disposée cependant à écouter son amant. Les deux mains sur les cordes de la harpe qui accompagne son chant, Tristan tourne son visage vers elle, d'un air interrogateur, tandis qu'elle esquive le regard. La version de Bédier reprend ce moment d'amour devenu légendaire, par une allusion au « lais du chèvrefeuille », dans lequel Iseut répond aux tendres mélodies de Tristan en comparant leur lien amoureux au chèvrefeuille s'enlaçant à la branche de coudrier : « Ainsi va de nous, ami : ni vous sans moi, ni moi sans vous. »

Contrastant avec la sérénité de cette scène d'amour courtois, la violence de l'irruption du roi Marc et la cruauté de sa vengeance sont représentées non seulement par sa position dans l'espace, mais surtout par la giclée de sang qui jaillit dans le dos de l'amoureux d'Iseut attaqué par surprise. Tristan, armé chevalier par le roi Marc, toujours soucieux de répondre aux défis « en loyal combat », est ici blessé par traîtrise, puisqu'il est surpris sans arme et attaqué par-derrière. Marc, loin d'être le roi débonnaire, prêt à pardonner Iseut et à rappeler Tristan à sa cour, se révèle être le roi cruel qui livrera Iseut aux lépreux ou acceptera qu'elle soit soumise à l'épreuve du fer rouge. Mais la brutalité du geste vengeur soumet les amants à une autre loi, celle du mari trompé, fou de jalousie, qui punit l'infidélité conjugale. On voit d'ailleurs souvent le roi Marc en train d'épier les amants, à l'instigation des barons félons et du nain

Frocin qui ébranlent sa confiance. Le peintre représente ainsi le roi surgissant sur le seuil de la chambre
où il est venu surprendre le couple ; apparaissant dans
l'encadrement de la porte, fermement appuyé sur sa
jambe gauche, le buste et la tête penchés en avant, le
visage et le regard concentrés, il tient à deux mains, per-
pendiculairement, l'épée qui transperce le corps de son
rival.

… le dessin des trois personnages est assez approximatif…

Le geste peut paraître maladroit, et peu propice à
une telle attaque. On peut se demander si cette maladresse veut exprimer celle du roi ou vient du peintre
lui-même. Force est de constater que le dessin des trois
personnages reste assez approximatif : la naïveté de la
scène tient sans doute en partie à la technique du
peintre, dont on remarque par exemple la difficulté à
représenter les mains. Celles d'Iseut semblent dispro-
portionnées, avec des doigts démesurés et une paume
droite inversée ; celles de Tristan, qui pincent les cordes
de la harpe avec une certaine dextérité, ont des doigts
crochus ; les mains de Marc, censées brandir l'épée, la
tiennent sans beaucoup de vigueur, tandis que ses
pieds, ne permettent pas de savoir s'ils sont nus ou
chaussés, tant ils sont informes et grossièrement dessi-
nés. Une semblable maladresse est perceptible dans
l'expression (ou l'inexpressivité) des visages, l'absence
de direction des regards, dont aucun ne rencontre
l'autre. Ces figures, empreintes d'une certaine raideur,
se réfèrent davantage à la rhétorique de la sculpture
qu'à celle de la peinture, en raison de leur couleur,
d'abord, uniformément blanche. Le corps des person-

nages, leur visage, leurs mains, mais aussi leur costume
sont d'un blanc grisé rappelant celui du décor architectural qui encadre la scène et de la porte en ogive
séparant la chambre du monde extérieur. La rigidité de
l'attitude, la blancheur du corps et du visage leur confè-
rent quelque chose de sculptural. Il en est de même du
traitement du plissé des vêtements, qui prend son relief
dans le jeu des ombres et une alternance de tons blancs
et gris-noir. Cette uniformité de ton a pour effet de faire
ressortir la couleur, notamment l'or des couronnes, des
colliers et des ceintures ornant les trois protagonistes.
Et si l'on peut s'attendre à ce qu'« Iseut la blonde » ait
des cheveux d'or (coiffés ici en bandeau sous la couronne), les cheveux de Tristan et de Marc sont également blonds : dans la légende, d'origine celtique,
Tristan va chercher « la belle au cheveux d'or » dans son
royaume d'Irlande pour la ramener à Marc, roi de Cornouailles. Le bois et les cordes de la harpe (dite aussi
« celtique ») ont cette même couleur dorée qu'on
retrouve dans la décoration de la chambre. Mais ce
peintre-là utilise la couleur jaune, et non l'or. Il n'y
aucun pigment rare sur cette enluminure : les bruns et
les ocres sont des couleurs de terre, le jaune, appelé
orpiment, est un sulfure d'arsenic, et le rouge (minium,
d'où vient « miniature ») est un oxyde de fer ou de
plomb. Le blanc, dénommé céruse, est un carbonate de
plomb. Les figures blanches et les décorations du cadre
peuvent être également des espaces dits « de réserve »,
en d'autres termes des blancs délimités par le dessin sur
le support du manuscrit, les ombres brunes et grisées
étant seulement ajoutées sur ces réserves. Au Moyen
Âge, le bleu soutenu est très coûteux parce qu'il est à
base de lapis-lazuli, et c'est la couleur la plus recherchée
pour orner un manuscrit et lui donner du prix. Cepen-

dant, les bleus et les mauves de notre enluminure, moins intenses que ce bleu outremer, proviennent sans doute de plantes comme le bleuet et la violette. Le choix des couleurs est donc relativement peu précieux.

... les recherches plastiques qui annoncent la peinture moderne...

Et si l'œuvre de ce peintre peut paraître naïve, c'est aussi parce qu'elle se situe à une époque transitoire dans l'histoire de la peinture. Art roman et gothique, l'enluminure va décliner au cours du XVe siècle, quand se développe la peinture sur tableau. Les derniers grands enlumineurs ne sont plus anonymes ; certains, tels Simon Marmion ou Jean Fouquet, pratiquent simultanément l'enluminure et la peinture de tableaux. Mais ce qui sépare radicalement le Moyen Âge de la Renaissance tient au traitement de la perspective. À partir de la Renaissance, en effet, les architectes et les peintres comprennent que la représentation de l'espace se fonde sur une illusion qui consiste à modifier les rapports spatiaux des objets de telle sorte que la vision de l'image représentée corresponde à la vision des objets dans l'espace : il s'agit d'un système de projection sur un plan bidimensionnel (l'espace du tableau, par exemple) des objets à trois dimensions et de leurs divers rapports spatiaux. Ainsi, pour donner au spectateur une impression de profondeur ou de lointain, le peintre réduira la taille des objets les plus éloignés par rapport aux objets les plus proches. En Italie, Brunelleschi, Leonard de Vinci, Piero della Francesca posent les fondements de la perspective en montrant qu'une correspondance rigoureuse entre les objets dans l'espace et leur représentation obéit à des lois scientifiques, celles de la géométrie descriptive. Avant ces découvertes, le peintre gothique, ne connaissant pas les lois de la perspective, donnait de l'espace une représentation qui ne correspond pas à l'image que nous en avons. C'est pourquoi la chambre de notre enluminure est maladroitement représentée, d'abord parce que les trois personnages sont alignés sur un même plan, au lieu d'être disposés diversement dans l'espace. Le lit et le baldaquin ont des formes géométriques assez rigoureuses (des parallélépipèdes), mais la relation de ces formes géométriques entre elles est aléatoire puisqu'elles devraient se situer sur des plans parallèles. La perspective ferait converger le regard vers une ligne de fuite qui serait au-delà du mur du fond. Or, du fait de sa méconnaissance, l'enlumineur a dessiné un lit aussi large et aussi haut à l'arrière-plan qu'à l'avant-plan, qui, de ce fait, donne l'impression d'être en pente. En revanche, la diagonale du mur latéral de la chambre et de la tenture offre une illusion d'espace plus juste, puisque l'artiste a su augmenter la hauteur de la porte et celle de la tenture à l'avant-plan, et les réduire à mesure qu'on s'approchait visuellement du mur de l'arrière-plan. De même, pour le carrelage en damier du sol, il a eu l'intuition de la perspective, puisque les lignes que suivent les carreaux convergent légèrement vers un point de fuite imaginaire, bien au-delà de l'espace du tableau. Il est pourtant évident que ces projections spatiales, peu rigoureuses, sont des tentatives picturales approximatives qui ne connaissent pas encore les lois de la perspective, ce qui confirme l'impression de maladresse technique.

Cette enluminure est donc intéressante à plusieurs titres. Œuvre tardive, on l'a vu, datant du premier tiers du xve siècle, elle est marquée par son époque. Le choix de l'épisode révèle un souci d'édification, et si l'illustration qu'elle donne du mythe est empreinte de naïveté, son traitement pictural évoque de manière encore balbutiante les recherches plastiques qui annoncent la peinture moderne.

Le texte

en perspective

Gabriella Parussa

Vie littéraire
Le Moyen Âge

1.

La « Renaissance du XIIe siècle »

Du point de vue historique, le Moyen Âge est une longue période qui va de la chute de l'Empire romain d'Occident (476) jusqu'à la prise de Constantinople par les Turcs (1453), mais en littérature la période médiévale commence seulement avec l'apparition des tout premiers textes en langue française, c'est-à-dire les IXe et Xe siècles, et s'achève avec la Renaissance (XVIe siècle). *Le Roman de Tristan et Iseut* représente assez bien le premier essor de la littérature courtoise en langue française, qui a eu lieu au XIIe siècle. À cette époque, en Europe, la littérature française jouit d'un prestige exceptionnel. Elle est admirée et imitée par les auteurs de nombreux pays : Allemagne, Italie, Angleterre.

1. *Une France morcelée*

Si l'on peut parler d'une manière générale de littérature en langue française, on ne peut pourtant pas considérer la France au sens moderne du terme, car ce pays se trouve, au XIIe siècle, morcelé en plusieurs royaumes et comtés gouvernés par des autorités différentes. Les Capétiens, à partir du XIe siècle, accroissent progressivement leur domaine, mais celui-ci ne s'étend que très peu en dehors de l'île de France, en incluant l'Orléanais, le comté de Sens, le Gâtinais et le Vexin et, en 1100, la vicomté de Bourges. Le pouvoir royal, encore faible, se voit menacé par des châtelains indépendants ou par les chefs des royaumes et principautés limitrophes (Normandie, Bourgogne, Empire, etc.). Les rois Capétiens sont obligés de se battre constamment contre certains de leurs vassaux, comme Thibaut de Champagne, ou encore contre des adversaires étrangers, comme l'empereur germanique et le roi d'Angleterre. Le royaume de France est bien moins puissant et étendu que celui qui est soumis à Henri II Plantagênet, et les deux rois sont des rivaux potentiels. Tel est le contexte dans lequel la légende tristanienne a été mise par écrit par les deux auteurs connus sous le nom de Béroul et de Thomas (pour l'histoire des diverses versions de la légende, voir « L'écrivain à sa table de travail », p. 178 et suiv.).

2. *Une nouvelle prospérité*

Les XIe et XIIe siècles correspondent à une période de grands défrichements et de travaux d'assèchement des marécages ou de construction de digues qui permettent de protéger les espaces habités. On remarque alors une nette progression dans la culture des céréales et de la vigne, avec une lente amélioration des conditions de vie dans les campagnes. À la ville, l'intensification des échanges commerciaux et l'essor du travail artisanal favorisent l'afflux d'une population de plus en plus importante, les « bourgeois », ou habitants des *bourgs* (petites villes), artisans et marchands qui s'organisent en associations d'aide mutuelle et demandent à élire des magistrats qui assurent la justice et organisent la vie de la communauté urbaine, dans une relative liberté par rapport au pouvoir central. Une croissance démographique importante marque cette période, tandis que l'essor des activités agricoles et commerciales s'accompagne d'un éveil culturel, surtout dans les cours royales et princières ou les monastères.

3. *Le développement culturel*

Les historiens et les spécialistes de littérature médiévale définissent ce nouveau climat social et moral comme la «Renaissance du XIIe siècle», afin de souligner le caractère positif et novateur de ce phénomène qui intéresse aussi bien les arts que les lettres, pendant que la vie quotidienne s'améliore grâce à un contexte de prospérité. La réforme de l'Église s'accompagne d'un nouvel élan culturel avec la découverte de textes scientifiques grecs enrichis et transmis par l'arabe et les traductions du latin. C'est à cette période que commencent à se répandre de nouvelles techniques de construction et un nouveau style architectural qu'on va nommer l'art gothique.

Dans les cours, on accueille les jongleurs et les clercs qui lisent, composent ou traduisent des textes en langue française. Les jongleurs récitent devant des foules plus ou moins nombreuses des textes épiques et narratifs qu'ils ont appris par cœur. Ils exercent leur métier aussi bien dans les foires que le long des chemins de pèlerinage ou encore sur les places publiques les jours de marché. Ils vivent par ailleurs de la générosité de grands seigneurs qui les accueillent au sein de la cour. Par le terme « jongleur », on peut désigner celui qui récite des poèmes, mais également quelqu'un qui sait jouer d'un instrument, chanter, danser, un saltimbanque ou un montreur d'animaux. À la cour, les jongleurs côtoient les clercs — les intellectuels, dirions-nous aujourd'hui —, des hommes ayant reçu une éducation de niveau universitaire, sachant lire et écrire en latin comme en français et qui sont souvent obligés pour vivre de se mettre au service de rois et de princes. Ils connaissent la littérature et l'historiographie latines, et sont fréquemment chargés par les seigneurs de traduire certains ouvrages de l'Antiquité en français pour que tous les nobles de la cour puissent y avoir accès.

2.

La cour anglo-normande et la courtoisie

C'est à la cour d'Aliénor d'Aquitaine d'abord, ensuite auprès de cette même reine et de son époux, Henri II Plantagenêt, ou bien dans celle de Marie de Champagne, fille d'Aliénor et de Louis VII et épouse du comte de Champagne, que les principaux chefs-d'œuvre de la littérature médiévale seront composés : les premiers romans antiques, les histoires arthuriennes ainsi que les poèmes lyriques en langue d'oc et d'oïl.

Du terme « cour », *cort* en ancien français, on forme, par dérivation, l'adjectif « courtois » et le substantif « courtoisie », désignant à la fois un idéal de vie, un état d'esprit et une doctrine érotique. L'idéal courtois est avant tout aristocratique, il répond en effet aux aspirations et aux besoins d'une classe sociale privilégiée qui désire se doter de règles de comportement en rupture avec les idéaux guerriers et avec les mœurs habituelles et communément répandues. La courtoisie est un ensemble de qualités mondaines, comme les bonnes manières, l'élégance, l'habileté aussi bien dans le langage que dans l'exercice des armes, et de valeurs plus morales, comme la générosité, la loyauté envers son seigneur et la femme aimée.

La courtoisie est en réalité surtout une nouvelle manière d'aimer, qui se fonde sur le respect de la femme, idole hors de portée, qui permet à l'homme de se surpasser et d'accroître ses qualités. La *fin'amor* (c'est ainsi qu'on appelle cette manière de vivre la passion amoureuse) résume cette idée de supériorité par le désir qui doit rester inassouvi ; c'est pourquoi, en principe, l'amour n'est pas forcément un amour partagé. Née dans les cours du midi de la France, où l'on parle la langue d'oc, la *fin'amor,* ou l'amour courtois, est une manière fictive et littéraire d'entendre l'amour, selon laquelle l'amant aime une femme qui lui est socialement supérieure, généralement mariée au seigneur, au suzerain. L'homme s'engage à lui être fidèle et à surmonter tous les obstacles posés par la situation et par la dame elle-même ; par ce service indéfectible, l'homme devient meilleur et se différencie de ceux qui ne peuvent se targuer d'être « courtois » : les vilains, les incultes, les médisants déloyaux et tous les hommes qui ne connaissent pas l'amour d'une femme extraordinaire.

Soulignons, toutefois, que l'amour courtois est un amour hors mariage, qui n'est pas toujours chaste et inassouvi ; l'adultère et le triangle amoureux en sont des caractéristiques essentielles, car la dimension morale est totalement absente de cette idéologie aristocratique. Jeu social et fiction littéraire, la *fin'amor* est pourtant la première manifestation et le fondement d'un idéal de

vie que prôneront par la suite tous les romans et les
poèmes composés dans les milieux de cour aux XIIe et
XIIIe siècles. Le roman courtois, lui, fera coïncider, dans
une heureuse « conjointure », selon le terme utilisé par
Chrétien de Troyes, l'amour et la prouesse chevaleresque, conciliant ainsi le service du roi et le désir pour
la femme, ou plutôt le devoir social et l'épanouissement
personnel.

Il est cependant nécessaire de préciser ici que
l'amour courtois et l'amour tristanien ne coïncident
pas parfaitement et que la version de Béroul, reprise
par Bédier, révèle des aspects du sentiment amoureux
qui sont en contradiction avec l'idéal courtois. Dans
cette version du Tristan, en effet, s'il est parfois ques-
tion de service d'amour, il n'y a jamais d'humiliation de
l'amant devant la femme aimée, ni de comportement
dédaigneux et hautain de la dame pour mettre à
l'épreuve son amant.

3.
Le roman : un nouveau genre ?

1. De l'oral à l'écrit

On date la naissance du roman médiéval du milieu
du XIIe siècle ; vers 1155, Wace, un clerc actif à la cour
des Plantagenêts, aurait mis en vers français un texte
intitulé Le Roman de Brut, premier des récits arthuriens
qui raconte l'histoire des rois de Grande-Bretagne.
Arthur y est décrit comme un grand guerrier, un héros,
mais aussi comme celui qui inaugure la « courtoisie ».
Sa cour devient l'exemple du monde civilisé et policé,

un lieu de raffinement des mœurs, et c'est Wace qui parle de cette fameuse parenthèse des douze ans de paix où les chevaliers vivent autour du roi en conjuguant amour et prouesses chevaleresques. Le *Brut* inaugure l'ère du roman chevaleresque, qui aura tant de succès par la suite. C'est à peu près à la même époque et dans le même milieu que voient le jour les deux textes tristaniens les plus anciens, celui de Béroul (vers 1170) et celui de Thomas (1175). Le roman fait son apparition à une époque où l'œuvre littéraire est le plus souvent destinée à la récitation, à la lecture à voix haute, voire à la performance : les chansons de geste sont parsemées de termes et expressions qui attestent l'oralité de la transmission, la présence d'un public devant un récitant, de la même manière que les récits brefs (fables, lais, fabliaux) sont colportés d'un endroit à l'autre par des jongleurs ou par des bardes qui reproduisent ce qu'ils ont pu mémoriser. La poésie lyrique qui s'accompagne le plus souvent de musique est aussi destinée non pas à la transmission par l'écriture, mais à la performance devant un public de cour, même si des manuscrits qui contiennent ces œuvres ont certainement circulé et nous ont gardé la mémoire de ces textes.

Le roman, qui naît dans ce même contexte, se présente comme une forme écrite, certes, mais qui comporte encore des nombreux traits propres aux genres dits « oraux », comme le lai et la chanson de geste. L'écrit commence en fait à supplanter graduellement la transmission orale : le roman est encore destiné à être lu à voix haute, mais sa mise par écrit va assurer la conservation de ces histoires et leur fixation progressive.

2. *La naissance de l'individu*

Dans la définition moderne de roman, on souligne clairement qu'il s'agit d'une œuvre de fiction de dimensions importantes et en prose. Or le *Roman de Tristan et Iseut* semble correspondre imparfaitement à cette définition, étant donné qu'il s'agit d'une série de textes de dimensions modestes, tous rédigés en vers octosyllabiques. C'est pour cette raison que les critiques ne sont pas tous d'accord quand il s'agit de définir le corpus de textes que l'on peut appeler « romans ». Pour certains, en fait, le roman apparaît en Angleterre au XVIIIe siècle, pour d'autres, *Don Quichotte* est le premier exemple moderne de roman, d'autres encore remontent résolument vers le Moyen Âge et désignent les romans en vers du XIIe siècle comme les ancêtres du roman français.

En vue de mieux cerner la naissance et l'évolution de ce genre littéraire, on peut se demander ce qu'il en est de la terminologie ancienne et moderne et de la définition du genre. Le terme « roman » a une histoire intéressante et très complexe. Il est d'abord utilisé pour désigner la langue romane, c'est-à-dire, en domaine francophone, le français, par opposition au latin. On parle le roman, on traduit en roman (en langue française), mais très rapidement, par extension, le terme « roman » désigne aussi n'importe quelle œuvre écrite en français. Ensuite, comme les romans racontent plutôt l'histoire individuelle d'un ou plusieurs personnages, il finit par s'opposer à la chanson de geste, qui traite du destin collectif de tout un peuple ou d'une communauté, tout en mettant au premier plan la figure d'un héros.

Les romans du Moyen Âge relatent généralement

l'aventure d'un homme, plus rarement d'une femme, qui essaie de trouver sa voie et de comprendre le monde qui l'entoure et la place qu'il peut y occuper en tant qu'individu. De là à accorder une place privilégiée aux histoires d'amour, il n'y a qu'un pas que les auteurs franchissent aisément, parce qu'à travers la passion amoureuse l'homme parvient à la connaissance de soi, certes, mais aussi de l'autre.

Nous tenons donc là les éléments essentiels qui caractérisent le roman moderne : le thème de l'amour et de la passion, le rôle fondamental de l'individu, la présence d'un contexte socio-historique dans lequel évoluent les personnages.

3. *Le genre du XIXᵉ siècle ?*

Étant donné que la grande époque du roman français est le XIXᵉ siècle, les critiques littéraires ont préféré faire commencer l'histoire de ce genre avec des œuvres qui ressemblaient en tout point aux réalisations de ce siècle, et ils ne sont ainsi pas remontés plus loin que le XVIIIᵉ siècle. Les médiévistes pourtant sont aujourd'hui tous d'accord pour reconnaître au roman médiéval le statut de première réalisation en langue française de ce genre narratif.

Le fait qu'Aristote, dont tous les théoriciens de la littérature se réclament, n'ait pas cité le roman dans son *Art poétique*, mais seulement l'épopée, la poésie et le théâtre, n'a pas contribué à donner rapidement une place à ce genre littéraire dans les textes théoriques.

Parent pauvre des autres genres, genre roturier parce qu'il raconte les aventures d'un individu, dans un style moins élaboré que la poésie, le roman a eu quelque difficulté à s'imposer parmi les autres types d'œuvre littéraire. C'est précisément le XIXᵉ siècle qui verra le roman devenir un genre littéraire à part entière, affectionné par un très large public et apprécié aussi par les critiques. C'est un genre qui a connu et qui connaît toujours un succès retentissant auprès du public de lecteurs contemporains. Pour étayer cette affirmation, il suffira de rappeler que chaque année en France paraissent plus de six cents nouveaux romans et que, d'une manière générale, on publie et on lit beaucoup plus de romans que de textes dramatiques ou poétiques.

4.

Idéaux de la société féodale

Les historiens désignent par le terme de «féodalité» l'organisation de la société en fiefs (du latin *feudum*) gouvernés par des seigneurs : les suzerains. Chaque seigneur est entouré de vassaux, à qui il attribue des domaines ou des rentes et qui lui sont subordonnés. Par une sorte de contrat, il assure à ses vassaux la subsistance et la protection, tandis que le vassal promet de lui fournir aide et conseil en cas de nécessité. Au début, c'est l'aristocratie guerrière qui distribue les fiefs, hiérarchiquement supérieure aux vassaux, mais aussi aux serfs, les hommes qui ne sont pas libres et qui sont attachés aux terres du suzerain.

La féodalité est donc une organisation de la société fondée sur l'émiettement du pouvoir et la hiérarchisation des relations. L'hommage est le contrat qui unit le vassal à son seigneur et il est validé par une cérémonie basée sur la notion de fidélité : le vassal s'engage à servir fidèlement son suzerain et à ne jamais intervenir contre lui ; ensuite, les deux se jurent loyauté mutuelle et, pour finir, le pacte est scellé par l'échange d'un objet symbolique qui représente le fief ou le bénéfice reçu des mains du suzerain.

Cette organisation de la société est bien décelable dans le *Tristan* de Béroul, qui ancre une partie de son récit autour des problématiques liées à la fidélité vassalique et familiale : Tristan est le neveu et le vassal du roi Marc. Le dilemme de Tristan, c'est justement qu'il doit contrevenir à cet engagement à l'égard de son oncle et lui mentir, le ridiculiser aux yeux des autres vassaux, même s'il l'a, par ailleurs, servi loyalement en tant que chevalier (il s'est, par exemple, battu vaillamment contre le géant Morholt).

L'une des valeurs les plus importantes pour la société médiévale, souvent évoquée dans les textes, est la justice. Le roi assure, par son pouvoir, le respect des lois sociales qui dérivent de Dieu, et c'est à ce dernier que revient la responsabilité du jugement ultime. Tristan et Iseut, par leur comportement, défient les lois sociales et féodales : ils s'aiment et ne respectent donc pas les engagements de fidélité prêtés au roi et à l'époux. Tous les serments prêtés par les deux protagonistes sont truqués. Pourtant, Dieu, le souverain juge, semble appuyer ces faux serments, il paraît même venir en aide aux deux amants, comme si sa justice, bien différente de celle des hommes, obéissait aux lois de l'amour et de la passion plus qu'aux lois de la société.

L'écrivain
à sa table de travail

Sur les traces
d'une légende

1.
Une poétique du fragment

1. *Un manuscrit mutilé*

Quels que soient les développements et les adaptations qu'a connus l'histoire de Tristan et d'Iseut jusqu'à l'époque contemporaine, c'est au Moyen Âge que revient la paternité de ce mythe, au moins dans sa forme écrite. La première version de l'histoire apparaît, on l'a vu, au XIIe siècle : elle a été composée en langue française par un clerc qui se nomme Béroul. Cette première version nous est parvenue sous la forme d'un unique manuscrit qui est, de plus, mutilé : la partie initiale et la fin du roman ont été déchirées et l'histoire commence en plein milieu d'un épisode, celui de la rencontre de Tristan et Iseut épiés par le roi Marc qui s'est caché dans un arbre. Cette version compte 4 480 vers environ : une œuvre amputée de son début et de sa fin, à laquelle vient se greffer la version dite « de Thomas », elle aussi parcellaire. De cette version il nous reste plusieurs morceaux, parvenus jusqu'à nous par des fragments de manuscrits, souvent en très mauvais état de conservation, copiés dans différentes régions du domaine d'oïl (moitié Nord de la France), dans le courant du XIIIe siècle. Ces fragments constituent un ensemble d'un peu plus de 3 000 vers et nous permettent de connaître des épisodes absents de la version de Béroul : la scène du philtre et des aveux mutuels après l'absorption de ce breuvage magique, le mariage de Tristan avec l'autre Iseut, l'épisode de la salle aux images, ainsi que le célèbre épisode du Verger, où l'on raconte comment le roi Marc découvre les deux amants endormis dans la forêt.

Deux autres textes brefs, qui racontent des épisodes où Tristan feint d'avoir perdu la raison pour pouvoir approcher Iseut, déguisé en fou, sont connus aujourd'hui sous le titre de *Folie de Berne* et *Folie d'Oxford*, dénominations qui indiquent simplement l'endroit où est conservé le manuscrit. À ces fragments et textes indépendants s'ajoute le célèbre *Lai du chèvrefeuille* de Marie de France, un court poème narratif qui narre la rencontre secrète entre Tristan et Iseut, lesquels, éloignés l'un de l'autre depuis plusieurs mois, parviennent à communiquer grâce à un bâton de noisetier et à se voir en cachette.

2. *Un détour par les traductions*

Aussitôt après la composition et la première diffusion des versions de Thomas et de Béroul, qui sont, rappelons-le, quasiment contemporaines (1170-1180), il y a eu des adaptations dans d'autres langues européennes. La première est due à Eilhart von Oberge (avant 1190), qui s'inspire de la version de Béroul et la transpose en allemand, suivi par Gottfried von Strasbourg (1200-

1210), qui traduit quant à lui le texte de Thomas (*Tristan und Isolde*). À peu près à la même époque, apparaît en Norvège la *Saga de Tristram et d'Isönd* en vieux-norrois, et le *Sire Tristem* voit le jour en Angleterre entre 1294 et 1330. En Italie, et plus précisément dans les Vénéties et en Toscane, on produit, à la fin du XIIIᵉ siècle, de nombreuses versions de cette légende sous le titre de *Tristano*; cette œuvre a apparemment influencé la version espagnole de la légende.

L'un des plus célèbres romans d'amour du Moyen Âge, qui a eu un succès incontestable, nous a donc été conservé grâce à une série de fragments, de véritables épaves de manuscrits, ou par des textes brefs qui ont été composés par d'autres auteurs dont nous ignorons les noms. C'est seulement grâce à l'aide des versions allemandes et anglaises que l'on a pu reconstituer l'histoire en son entier. C'est comme si le destin s'était acharné contre ce texte pour en empêcher sa transmission : non seulement le volume qui contient le roman de Béroul a subi d'importantes mutilations, mais les autres fragments ont été récupérés, de manière parfois rocambolesque, après avoir été découpés pour servir de reliure à d'autres livres, ou ensevelis longtemps dans une collection privée, ou visibles seulement sous forme de copie moderne.

2.

Les auteurs du roman :
Béroul, Thomas et… Bédier ?

1. *Béroul et Thomas, garants de la légende*

Malgré les vicissitudes qu'a connues ce texte et la multiplicité des versions, toutes fragmentaires, comme on l'a vu, deux noms ont été liés à la version française de la légende tristanienne : Béroul et Thomas. Le premier est cité à deux reprises par le narrateur de la première version, en guise de garant de la véracité des faits racontés et à des endroits bien précis du roman, c'est-à-dire au moment où l'auteur veut se démarquer d'autres conteurs, d'autres versions de la même histoire. Aux vers 1265-68, on lit, en effet :

> Les conteurs, qui sont vulgaires, disent qu'ils ont
> fait tuer Yvain ; ils ne connaissent pas bien l'histoire
> dont Béroul se souvient mieux

et, plus loin :

> Comme le raconte l'histoire écrite dans le livre que
> Béroul a lu.

Est-ce un narrateur qui parle de lui-même à la troisième personne ? Le cas n'est pas rare au Moyen Âge, mais il est aussi possible que le narrateur fasse référence ici à Béroul, comme à une source qui lui aurait servi d'inspiration.

Thomas, quant à lui, se nomme par deux fois dans le texte avec le même type d'expressions, une fois pour garantir l'authenticité des faits racontés dans cette version :

> Thomas ne peut accepter cette version et il va montrer, preuves à l'appui, que cela n'a pas pu se passer ainsi

et, à la fin du roman, pour s'adresser à ses lecteurs :

> Thomas achève ici son récit, et il adresse son salut à tous les amants...

Les autres versions et fragments sont parfaitement anonymes. Pour résumer, le lecteur moderne tient à sa disposition des fragments d'au moins deux versions qui ne permettent pas de reconstruire l'ensemble de l'histoire : d'importantes lacunes demeurent en réalité dans les versions françaises, en particulier dans la première partie qui concerne l'enfance de Tristan, ses exploits guerriers avant la rencontre avec Iseut, le projet de mariage entre Iseut et le roi Marc, etc.

2. « *Un poème français du milieu du XIIe siècles, mais composé à la fin du XIXe* »

Deux attitudes sont possibles devant cette situation : l'une consiste à transcrire, éditer le mieux possible ces fragments en laissant des espaces vides, des lacunes, là où le texte est mutilé ou illisible ; c'est ce qu'ont fait les philologues depuis plus de cinquante ans. L'autre consisterait plutôt en une reconstitution de l'histoire tout entière grâce aux versions étrangères de la légende. C'est Joseph Bédier, l'un des pionniers des études médiévales, qui, voulant offrir à ses lecteurs un texte complet, a décidé de récrire la légende, en utilisant tous les textes dont il disposait à la fin du XIXe siècle. Bédier achève son travail de reconstitution de la légende, en prose française, en décembre 1896 et, en

1900, l'éditeur parisien Piazza publie le *Roman de Tristan et Iseut*. Ce livre eut un succès retentissant et fit l'objet de nombreuses rééditions ; il a été, pour des générations de lecteurs, la version unique et complète d'un original en ancien français irrémédiablement perdu. C'est ce remaniement que nous reproduisons ici aujourd'hui pour rendre accessible cette belle version de l'histoire qui fait partie désormais du patrimoine littéraire français, mais aussi pour montrer les enjeux et les dangers éventuels de l'adaptation, de la modernisation d'un texte ancien.

Joseph Bédier était un critique littéraire, le plus grand spécialiste de la littérature française du Moyen Âge au début du xxᵉ siècle, mais il était également un philologue averti, capable de comprendre et d'éditer les textes en ancien français. Avec cette reconstitution il avait souhaité redonner vie à un texte oublié, enseveli sous la poussière des bibliothèques et qui n'avait pas beaucoup de chance d'attirer le lecteur moderne en raison de son caractère fragmentaire et lacunaire. Cette légende, qui avait tant fasciné les lecteurs du Moyen Âge, cette version française, qui avait suscité tant d'adaptation en d'autres langues, était donc destinée à rester dans l'oubli où l'avaient placée des siècles d'indifférence à la littérature médiévale. Bédier fait le pari de rendre de nouveau accessible la célèbre histoire des amants de Cornouailles, tout en essayant de respecter l'atmosphère de l'original de Béroul. C'est par la traduction de ce qui restait du texte de Béroul qu'il a commencé son travail ; ensuite, en se fondant sur les autres versions, il a essayé de reconstituer tous les épisodes connus de cette histoire. Comme le dit justement Gaston Paris dans sa présentation de la traduction de Bédier, pour réussir un tel enjeu, il fallait être poète et traducteur, il fallait de l'imagination et de l'érudition, Bédier possédait si bien ces qualités que son adaptation est véritablement « un poème français du milieu du XIIᵉ siècle, mais composé à la fin du XIXᵉ ».

3.

Les sources de la légende

Si les versions écrites apparaissent à la fin du XIIᵉ siècle, cela ne signifie pas que l'histoire de Tristan et Iseut était totalement inconnue au public avant cette époque. Étant donné les témoignages littéraires ou non, nous pouvons même être sûrs qu'une, voire plusieurs, versions orales de la légende circulaient bien avant les textes écrits. C'est une particularité de la diffusion de la littérature au Moyen Âge, dont l'histoire des deux amants de Cornouailles offre un parfait exemple. Thomas, dans son ouvrage, mentionne explicitement la diversité des versions qui préexistent à ce qu'il a lui-même composé :

> Seigneurs, les versions de ce récit divergent énormément. C'est pour cette raison que je les unifie par mes vers.

Mais c'est surtout Marie de France qui, dans le *Lai du chèvrefeuille*, insiste sur la pluralité des versions et sur le fait qu'elles ne sont pas seulement écrites, mais aussi dites ou racontées :

> Plusieurs m'ont dit et raconté cette histoire et, moi, je l'ai trouvée dans un texte écrit...

Nous pouvons donc affirmer que la légende était connue par des récits oraux, diffusés par des jongleurs et des bardes itinérants. Ces récits provenaient probablement d'une version orale qui faisait partie du folklore celtique ; on y trouve en effet une histoire similaire : celle de Diarmaid et Grainne, qui met en scène un roi irlandais, Finn, son épouse Grainne, enlevée par le neveu du roi, Diarmaid. Aucun indice précis ne nous permet de l'identifier comme source du roman français, mais il est probable qu'une version orale ait circulé et qu'elle se soit étoffée au fil du temps. Elle comprenait déjà les trois personnages de notre roman et certains noms de lieu et de personne attestés avant le XIIe siècle, aussi bien en Écosse qu'en Cornouailles et en Irlande, ce qui prouve qu'une légende celtique circulait bien avant la composition du roman par Thomas et par Béroul.

4.
Suites et... fin ?

1. De multiples réécritures

Le succès de cette légende se mesure non seulement au nombre de traductions et adaptations qui ont été faites des deux romans français, mais aussi à la fréquence des allusions et références qui font leur apparition dans d'autres textes littéraires à partir du XIIe siècle. Le nom de Tristan devient un *senhal*, c'est-à-dire un pseudonyme utilisé par des troubadours, Tristan et Iseut sont cités dans des chansons courtoises et dans des récits brefs, et on retrouve aussi des éléments de cette légende dans des romans du XIIIe siècle, comme le *Bel Inconnu* de Renaut de Beaujeu ou le *Roman de la Poire*. Mais la preuve la plus éclatante de l'engouement suscité par cette histoire est l'existence d'une œuvre de fiction écrite en réaction au mythe tristanien : il s'agit du *Cligès* que Chrétien de

Troyes aurait écrit pour opposer l'exemple du couple de Cligès et Fénice au couple adultère.

Après avoir circulé sous la forme versifiée au XIIe siècle, l'histoire se renouvelle dans un immense roman, composé à partir de 1230 environ, que l'on connaît sous le titre de *Tristan en prose*. Dans cette réécriture de la légende, Tristan devient un des chevaliers de la Table ronde, et, comme les autres, il s'engage dans la recherche du saint Graal. C'est bien sûr toujours l'amour qui alimente son courage et sa prouesse, et c'est grâce à Iseut qu'il pourra rivaliser avec l'autre héros de la tradition arthurienne : Lancelot. Cette version romanesque en prose est celle qui a assuré la transmission du mythe, d'abord sous une forme manuscrite jusqu'au XVe siècle, ensuite par des imprimés destinés à un public de plus en plus large. De nos jours encore, des romans apparaissent qui sont des adaptations, des réécritures ou des réinterprétations du mythe tristanien. Les deux amants reviennent donc occuper le devant de la scène, sous d'autres noms parfois, ou dans une atmosphère tout à fait contemporaine. Seul demeure le lien entre la passion et la mort, associé à l'idée du destin contre lequel les hommes ne peuvent rien.

2. *Une source d'inspiration*

Hormis toutes ces adaptations littéraires, la mémoire de l'histoire de Tristan et d'Iseut nous a été transmise par des sources iconographiques ou artistiques en général : des objets en bois et en ivoire, des sculptures, des carreaux de céramique, des vitraux et des miniatures qui représentent les épisodes les plus célèbres de la légende ont été retrouvés un peu partout en Europe.

Les adaptations musicales (oratorios, opéras, pièces diverses pour piano ou orchestre) sont nombreuses.

Rappelons simplement le célèbre opéra *Tristan und Isolde* de Richard Wagner (1865).

Le cinéma de son côté s'est emparé de la légende et en a fourni des versions plus ou moins modernisées : de véritables relectures, comme la transposition de la passion inéluctable et mortelle dans le monde actuel, ou des adaptations plus fidèles et respectueuses du contexte historique. L'adaptation la plus connue du public français est certainement *L'Éternel Retour*, d'après un scénario de Jean Delannoy et Jean Cocteau (1943), actualisation de l'histoire dans un contexte contemporain.

5.

La passion et le philtre

1. *Le poids d'un breuvage*

Le Moyen Âge et les siècles suivants ont privilégié la seconde partie de la légende tristanienne et développé à l'envi les vicissitudes des deux amoureux séparés par les circonstances. Au lieu de reprendre les récits de l'enfance de Tristan et de ses exploits guerriers avant la rencontre avec Iseut, les conteurs et les écrivains ont souvent proposé une adaptation ou une réinterprétation de l'histoire d'amour, en insistant particulièrement sur le caractère inéluctable de la passion qui les unit. Dans plusieurs versions de la légende, en effet, Tristan et Iseut, lors d'un voyage en mer entre l'Irlande et la Cornouailles, boivent par erreur un philtre préparé par la mère d'Iseut et destiné à Iseut et Marc. Cette potion magique, qui aurait dû faire éclore la passion entre les futurs époux, fait naître chez les deux jeunes gens un désir irrésistible et produit toutes les péripéties que l'on connaît, jusqu'au jour où, chez Béroul au moins, le philtre perd de son efficacité, au point que Tristan et Iseut peuvent se séparer et réintégrer la société. Toutefois, cette séparation n'est pas définitive et la fin s'avère tragique dans toutes les versions, qu'elles fassent mention ou non de l'effet du philtre.

2. *Le philtre comme métaphore*

Le thème du philtre provient certainement de récits celtiques qui mettent en scène des personnages féminins, très souvent des fées, capables de préparer des potions magiques, des boissons qui permettent d'endormir, d'envoûter celui qui les boit ou de créer des images et des illusions. Mais, à la différence de la potion magique utilisée par une sorcière, une fée, un magicien pour obliger une tierce personne à faire quelque chose ou lui faire croire à une illusion, le philtre a un effet sur deux personnes en même temps : l'homme et la femme sont tous les deux victimes d'une passion contre laquelle ils ne peuvent rien. Ainsi, le philtre assume presque une valeur symbolique et représente la force de l'amour et de la passion, force à laquelle nul ne peut se soustraire. Tout comme le dieu d'Amour qui, par ses flèches, fait naître la passion amoureuse, le philtre poussera les deux amants dans les bras l'un de l'autre jusqu'à la mort. Il est, pour cette raison, assimilé au destin et assume par là pleinement son caractère tragique. Métaphore du désir et de la passion sans limites, le philtre dépossède pourtant les amants de toute volonté, de toute possibilité de choix. On ne choisit pas un être à aimer pour ces qualités exceptionnelles que représentent la beauté, la noblesse et le courage, mais plutôt parce que le désir nous pousse vers lui. Ce désir épuiserait rapidement toute possibilité d'action pour les amants et priverait le récit de ressort, si l'amour n'existait pas aussi pour d'autres raisons que le simple breuvage magique. Chez Béroul, par exemple, la fin de l'effet du philtre ne correspond pas forcément avec la fin des amours et du roman ; la jalousie, les promesses sont là pour rappeler que la relation entre le destin et le choix est bien plus complexe qu'il n'y paraît de prime abord. Si le désir est destiné à s'éteindre, exactement comme le philtre perd de son efficacité, l'amour, lui, quand il est vrai et profond, peut durer à tout jamais et même au-delà de la mort ; le rosier enlacé à la vigne dans la version d'Eilhart, le noisetier et le chèvrefeuille du lai homonyme témoignent de l'union des amants après la mort.

6.
Le merveilleux

Plusieurs petits récits et motifs d'origine légendaire contiennent des éléments surnaturels et mettent en scène des êtres et des animaux de l'autre monde, un monde fantastique que régissent des lois étranges et parfois incompréhensibles. Ces êtres féeriques, ces forces obscures, présents aussi dans le *Roman de Tristan et Iseut*, soulignent ainsi le lien entre ce roman et la littérature orale, le folklore. Le Morholt, le dragon d'Irlande, le nain Frocin et les géants, tout comme le philtre et les oreilles du roi Marc, sont autant de manifestations des forces obscures qui suscitent l'étonnement, la peur ou la simple curiosité des lecteurs. La présence du surnaturel est l'une des caractéristiques fondamentales du genre romanesque médiéval, qui plonge ses racines dans le folklore celtique ; aussi bien les romans et les lais arthuriens que les différentes versions de la légende de

Tristan et Iseut font appel au merveilleux et évoquent un monde inconnu pour expliquer ou résoudre certaines situations. Mais des personnages comme le géant Morholt ou le roi aux oreilles de cheval font peut-être également allusion à la mythologie antique, qui connaît de nombreux personnages de grande stature et doués d'une force tout à fait exceptionnelle, ou encore à des personnages qui subissent des métamorphoses inattendues, notamment le roi Midas, à qui Apollon fit pousser des oreilles d'âne pour avoir jugé de manière injuste. Quoi qu'il en soit des origines, ces êtres (hommes et bêtes) imaginaires et ces personnages aux pouvoirs surnaturels abondent dans toutes les versions de la légende tristanienne : ils sont l'incarnation du mystère de la vie et de la mort et représentent les peurs et les désirs des lecteurs de toutes les époques. Les lecteurs modernes de tout âge sont aujourd'hui encore fascinés par ces histoires et ces personnages féeriques ou monstrueux qui peuplent notre imaginaire et inspirent écrivains, scénaristes ou concepteurs de jeux vidéo.

Pour aller plus loin

Vous pouvez retrouver toutes les versions de la légende dans *Tristan et Yseut*, Gallimard, « Bibliothèque de la Pléiade », 1995.

E. BAUMGARTNER, *Tristan et Iseut*, Paris, PUF, « Études littéraires », 1987.

D. DE ROUGEMONT, *L'Amour et l'Occident*, Paris, Plon, 1939.

A. CORBELLARI, *Joseph Bédier, écrivain et philologue*, Genève, Droz, « Publications romanes et françaises », 1997. Le chapitre VI est consacré au travail de Bédier sur le *Tristan*.

Groupement de textes thématique

L'amour-passion
entre souffrances et délices

ENTRE L'AMOUR ET LA SOUFFRANCE, le lien est presque étymologique, la passion (du verbe latin *pati*, souffrir) renvoie depuis toujours à l'idée de la souffrance physique et morale. Tristan ne dit-il pas : « Au nom du Dieu qui souffrit la Passion... » (p. 58) ? À plusieurs reprises, dans ce texte, une analogie est établie entre la passion et la mort, en particulier, quand Tristan et Iseut ont bu le vin herbé, Brangien s'exclame : « Iseut, amie, et vous, Tristan, c'est votre mort que vous avez bue ! » (p. 37) et plus loin, de manière plus explicite encore : « ... vous avez bu l'amour et la mort ! » (p. 39).

François PÉTRARQUE (1304-1374)
Canzoniere, CXXXII

(traduction Ferdinand L. de Gramont,
« Poésie/Gallimard » n° 172)

Pétrarque est l'un des plus célèbres poètes italiens, dont l'œuvre a été assez rapidement traduite en français. Il a vécu au XIVᵉ siècle et ses poèmes, rassemblés dans un recueil connu sous le titre de Canzoniere, *ont influencé les poètes de la Renaissance. Le texte suivant est un sonnet composé d'une série d'interrogations que l'amant formule en s'adressant à lui-même. Ces questions portent sur la nature de ses sentiments, sur la cause de ses souffrances, intimement liées aux délices et aux plaisirs. On remarquera dans ce poème italien (traduit ici en prose) les nombreux oxymores et les simples contradictions qui décrivent le sentiment amoureux et l'état de l'amant : vivante/mort, délicieuse/souffrance, frissonne/été et brûle/hiver. Comme dans la légende tristanienne, l'amour, qui est à la fois plaisir et souffrance, met en danger la vie de ses victimes. La situation de l'amant, en effet, rappelle au poète l'image d'un navire sans gouvernail. Sans vouloir nier d'autres influences, nous pouvons penser que les poètes du Moyen Âge ont si bien connu la légende tristanienne et la scène des aveux sur le bateau qu'ils ont immédiatement associé les dangers de la passion à la navigation sur une mer houleuse.*

Doutes sur la nature de l'amour

Si ce n'est pas l'amour, qu'est-ce que donc que je sens ? mais si c'est l'amour, pour Dieu ! quelle chose est cela ? Si elle est bonne, d'où vient cet effet cruel jusqu'à la mort ? si elle est mauvaise, comment tout ce tourment semble-t-il si doux ?

Si c'est de mon choix que je brûle, pourquoi ces pleurs et ces plaintes ? si c'est malgré moi, à quoi la plainte sert-elle ? Ô vivante mort, ô délicieuse souffrance ! comment as-tu sur moi tant d'empire, si je n'y consens pas ?

Et si j'y consens, c'est à grand tort que je m'afflige. Je me trouve en pleine mer sans gouvernail, et au milieu des vents si ennemis sur une barque fragile,

Si légère de savoir et si chargée d'erreur, que je ne sais moi-même ce que je veux, et je frissonne au milieu de l'été, tandis que je brûle en hiver.

William SHAKESPEARE (1564-1616)

Roméo et Juliette (1597)

(traduction Yves Bonnefoy,
« Folio classique » n° 3515, p. 71-75)

En 1594 ou 1595, William Shakespeare compose la pièce Roméo et Juliette, *en s'inspirant d'une nouvelle italienne de Bandello. C'est l'histoire de deux jeunes, issus de familles riches et puissantes de Vérone, qui s'aiment mais ne peuvent se marier à cause du désaccord entre les deux clans. Les deux amants finissent par mourir parce que chacun, croyant l'autre mort, se suicide. Une histoire d'amour et de mort qui rappelle de très près les malheurs de Tristan et Iseut. Cet extrait présente le moment de la révélation de la passion réciproque avec le présage des souffrances qu'elle va susciter.*

ROMÉO, *Juliette paraît à une fenêtre*

Mais, doucement ! Quelle lumière brille à cette fenêtre ?
C'est là, l'Orient, et Juliette en est le soleil.
Lève-toi, clair soleil, et tue la lune jalouse
Qui est déjà malade et pâle, du chagrin
De te voir tellement plus belle, toi sa servante.
Eh bien, ne lui obéis plus, puisqu'elle est jalouse,
Sa robe de vestale a des tons verts et morbides
Et les folles seules la portent, jette-la…
Voici ma dame. Oh, elle est mon amour !
Si seulement elle pouvait l'apprendre !
Elle parle… Mais que dit-elle ? Peu importe,
Ses yeux sont éloquents, je veux leur répondre…
Non, je suis trop hardi. Ce n'est pas à moi qu'elle parle.
Deux des plus belles étoiles de tout le ciel,
Ayant affaire ailleurs, sollicitent ses yeux
De bien vouloir resplendir sur leurs orbes
Jusqu'au moment du retour. Et si ses yeux
Allaient là-haut, si ces astres venaient en elle ?
Le brillant de ses joues les humilierait

Comme le jour une lampe. Tandis que ses yeux, au ciel,
Resplendiraient si clairs à travers l'espace éthéré
Que les oiseaux chanteraient, croyant qu'il ne fait plus
    nuit...
Comme elle appuie sa joue sur sa main ! Que ne suis-je
Le gant de cette main, pour pouvoir toucher cette joue !

JULIETTE

Hélas !

ROMÉO, *bas*

Elle parle.
Oh, parle encore, ange lumineux, car tu es
Aussi resplendissante, au-dessus de moi dans la nuit,
Que l'aile d'un messager du Paradis
Quand il paraît aux yeux blancs de surprise
Des mortels, qui renversent la tête pour mieux le voir
Enfourcher les nuages aux paresseuses dérives
Et voguer, sur les eaux calmes du ciel.

JULIETTE

Ô Roméo, Roméo ! Pourquoi es-tu Roméo !
Renie ton père et refuse ton nom,
Ou, si tu ne veux pas, fais moi simplement vœu d'amour
Et je cesserai d'être un Capulet.

ROMÉO, *bas*

Écouterai-je encore, ou vais-je parler ?

JULIETTE

C'est ce nom seul qui est mon ennemi.
Tu es toi, tu n'es pas un Montaigu.
Oh, sois quelque autre nom. Qu'est-ce que Montaigu ?
Ni la main, ni le pied, ni le bras, ni la face,
Ni rien d'autre en ton corps et ton être d'homme.
Qu'y a-t-il dans un nom ? Ce que l'on appelle une rose
Avec tout autre nom serait aussi suave,
Et Roméo, dit autrement que Roméo,
Conserverait cette perfection qui m'est chère
Malgré la perte de ces syllabes. Roméo,
Défais-toi de ton nom, qui n'est rien de ton être,
Et en échange, oh, prends-moi tout entière !

ROMÉO

Je veux te prendre au mot.
Nomme-moi seulement « amour », et que ce soit
Comme un autre baptême ! Jamais plus
Je ne serai Roméo.

JULIETTE

Qui es-tu qui, dans l'ombre de la nuit,
Trébuche ainsi sur mes pensées secrètes ?

ROMÉO

Par aucun nom
Je ne saurai te dire qui je suis,
Puisque je hais le mien, ô chère sainte,
D'être ton ennemi. Je le déchirerais
Si je l'avais par écrit.

JULIETTE

Mes oreilles n'ont pas goûté de ta bouche
Cent mots encore, et pourtant j'en connais le son.
N'es-tu pas Roméo, et un Montaigu ?

ROMÉO

Ni l'un ni l'autre, ô belle jeune fille,
Si l'un et l'autre te déplaisent.

JULIETTE

Comment es-tu venu, dis, et pourquoi ?
Les murs de ce verger sont hauts, durs à franchir,
Et ce lieu, ce serait ta mort, étant qui tu es,
Si quelqu'un de mes proches te découvrait.

ROMÉO

Sur les ailes légères de l'amour,
J'ai volé par-dessus ces murs. Car des clôtures de pierre
Ne sauraient l'arrêter. Ce qui lui est possible,
L'amour l'ose et le fait. Et c'est pourquoi
Ce n'est pas ta famille qui me fait peur.

JULIETTE

Ils te tueront, s'ils te voient.

ROMÉO

Hélas, plus de périls sont dans tes yeux
Que dans vingt de leurs glaives. Souris-moi,
Et je suis à l'épreuve de leur colère.

JULIETTE

Je ne voudrais pour rien au monde qu'ils te trouvent.

ROMÉO

J'ai le manteau de la nuit pour me dérober à leurs yeux.
Mais qu'ils me trouvent, si tu ne m'aimes !
Sous les coups de leur haine plutôt mourir
Que d'attendre une lente mort sans ton amour.

JULIETTE

Qui t'a guidé jusqu'ici ?

ROMÉO

L'amour, qui m'a d'abord fait m'enquérir.
Il me donna conseil, je lui prêtai mes yeux.
Je n'ai rien du pilote. Et pourtant, vivrais-tu
Aux rives les plus nues des plus lointaines mers,
Pour un bien tel que toi je me risquerais.

JULIETTE

Sur mon visage
Je porte, tu le vois, le masque des ténèbres,
Sinon l'idée que tu m'as entendue, ce soir,
Empourprerait mes joues de jeune fille.
Que je voudrais être convenable, que je voudrais,
Ce que j'ai dit, le détruire ! Mais adieu, mes bonnes
    manières,
M'aimes-tu ? Je sais bien que tu diras oui,
Et je te croirai sur parole. Mais si tu jures,
Tu peux te parjurer. Des parjures d'amants
On dit que Jupiter se moque... Ô Roméo,
Si tu m'aimes, proclame-le d'un cœur si bien sincère,
Et si tu m'as trouvée trop aisément séduite,
Je me ferai dure et coquette, je dirai non,
Mais pour que tu me courtises, car autrement
J'en serais incapable... Beau Montaigu,

Je suis bien trop éprise, et c'est pourquoi
Tu peux trouver ma conduite légère,
Mais, crois-moi, âme noble, je serai
Plus fidèle que d'autres qui, plus rusées,
Savent paraître froides. Je l'aurais tenté, je l'avoue,
Si tu n'avais surpris à mon insu,
Mon aveu passionné d'amour. Aussi, pardonne-moi,
Sans attribuer à une âme frivole
Cet abandon qu'a découvert la nuit trop sombre.

Madame de LAFAYETTE (1634-1693)
La Princesse de Clèves (1678)

(« Folioplus classiques » n° 39)

La Princesse de Clèves, *roman écrit par Mme de La Fayette mais qui parut anonyme en 1678, raconte l'histoire d'une passion contrastée. Mlle de Chartres accepte un mariage de raison avec M. de Clèves, mais tombe amoureuse du duc de Nemours. Suivant les préceptes maternels et ses propres convictions, Mme de Clèves refuse de se livrer à son penchant et, qui plus est, elle avoue à son mari ses sentiments pour cet homme, tout en l'assurant de sa fidélité. L'aveu produira un effet désastreux sur M. de Clèves, qui en mourra. Dans l'extrait, la mère de la princesse, sur son lit de mort, rappelle les dures lois morales que sa fille devra suivre pour conserver une bonne réputation : fuir la société et s'éloigner de l'homme pour qui l'on ressent une « inclination » certaine, ce sont là les seuls moyens pour combattre la passion. Une histoire tragique d'amour et de mort qui s'achève sur une sorte de refus du monde et des lois humaines.*

M. de Nemours, qui avait toujours eu beaucoup d'amitié pour lui [M. de Clèves], n'avait pas cessé de lui en témoigner depuis son retour de Bruxelles. Pendant la maladie de Mme de Chartres, ce prince trouva le moyen de voir plusieurs fois Mme de Clèves en faisant semblant de chercher son mari, ou de le venir prendre pour le mener promener. Il le cherchait même à des heures où il savait bien qu'il n'y était pas et, sous le prétexte de l'attendre, il demeurait dans l'antichambre de Mme de Chartres, où il y avait toujours plusieurs personnes de qualité. Mme de Clèves y venait souvent et, pour être affligée, elle n'en paraissait pas moins belle à M. de Nemours. Il lui faisait voir combien il prenait d'intérêt à son affliction et il lui en parlait avec un air si doux et si soumis qu'il la persuadait aisément que ce n'était pas de Mme la dauphine dont il était amoureux.

Elle ne pouvait s'empêcher d'être troublée de sa vue, et d'avoir pourtant du plaisir à le voir ; mais quand elle ne le voyait plus et qu'elle pensait que ce charme qu'elle trouvait dans sa vue était le commencement des passions, il s'en fallait peu qu'elle ne crût le haïr par la douleur que lui donnait cette pensée.

Mme de Chartres empira si considérablement que l'on commença à désespérer de sa vie ; elle reçut ce que les médecins lui dirent du péril où elle était avec un courage digne de sa vertu et de sa piété. Après qu'ils furent sortis, elle fit retirer tout le monde, et appeler Mme de Clèves.

— Il faut nous quitter, ma fille, lui dit-elle, en lui tendant la main ; le péril où je vous laisse et le besoin que vous avez de moi augmentent le déplaisir que j'ai de vous quitter. Vous avez de l'inclination pour M. de Nemours ; je ne vous demande point de me l'avouer : je ne suis plus en état de me servir de votre sincérité pour vous conduire. Il y a déjà longtemps que je me suis aperçue de cette inclination ; mais je ne vous en ai pas voulu parler d'abord, de peur de vous en faire apercevoir vous-même. Vous ne la connaissez que trop présentement ; vous êtes sur le bord du précipice : il faut de grands efforts et de grandes violences pour vous retenir. Songez ce que vous devez à votre mari ; songez ce que vous vous devez à vous-même, et pensez que vous allez perdre cette réputation que vous vous êtes acquise et que je vous ai tant souhaitée. Ayez de la force et du courage, ma fille, retirez-vous de la Cour, obligez votre mari de vous emmener ; ne craignez point de prendre des partis trop rudes et trop difficiles, quelque affreux qu'ils vous paraissent d'abord ; ils seront plus doux dans les suites que les malheurs d'une galanterie. Si d'autres raisons que celles de la vertu et de votre devoir vous pouvaient obliger à ce que je souhaite, je vous dirais que, si quelque chose était capable de troubler le bonheur que j'espère en sortant de ce monde, ce serait de vous voir tomber comme les autres femmes ; mais, si ce malheur vous doit arriver, je reçois la mort avec joie, pour n'en être pas le témoin.

Mme de Clèves fondait en larmes sur la main de sa mère, qu'elle tenait serrée entre les siennes, et Mme de Chartres se sentant touchée elle-même :

— Adieu, ma fille, lui dit-elle, finissons une conversation qui nous attendrit trop l'une et l'autre, et souvenez-vous, si vous pouvez, de tout ce que je viens de vous dire.

Elle se tourna de l'autre côté en achevant ces paroles et commanda à sa fille d'appeler ses femmes, sans vouloir l'écouter, ni parler davantage. Mme de Clèves sortit de la chambre de sa mère en l'état que l'on peut s'imaginer, et Mme de Chartres ne songea plus qu'à se préparer à la mort. Elle vécut encore deux jours, pendant lesquels elle ne voulut plus revoir sa fille, qui était la seule chose à quoi elle se sentait attachée.

Honoré de BALZAC (1799-1850)

« Honorine » (1843)

(dans *Nouvelles et Contes*, t. II,
Gallimard, « Quarto »)

Si Balzac est connu surtout pour ses romans, il a aussi écrit de nombreuses nouvelles, dont celle-ci qui s'intitule « Honorine », du prénom de sa protagoniste. Dans l'extrait qui suit, le comte Octave, mari d'Honorine, s'adresse à son jeune secrétaire et lui fait le récit de l'histoire de sa vie. Il lui raconte en particulier qu'il a été marié à Honorine, mais que cette dernière est partie un jour avec un autre homme dont elle a eu un enfant. Honorine a ensuite été abandonnée par son amant et l'enfant est mort. Elle vit désormais toute seule et refuse obstinément de revoir son mari, qui l'entretient à son insu. Le comte voudrait à tout prix la reprendre chez lui, car il en est follement amoureux. Dans cet extrait du chapitre 3, Octave, le mari trompé, se livre à une longue confession, où il dit son amour, sa souffrance et son espoir de la voir un jour revenir à lui. Malheureusement, Honorine reviendra, à l'instigation du jeune secrétaire (qui entre-temps est tombé amoureux d'elle), mais elle trouvera la mort après avoir mis au monde un deuxième enfant. Une histoire d'amour et de mort qui rappelle par bien des aspects la légende de l'amour-passion impossible à réaliser.

« Quand j'eus vingt-six ans, et Honorine dix-neuf, nous nous mariâmes. [...] J'ai reconnu plus tard que les mariages contractés dans les conditions du nôtre, renfermaient un écueil contre lequel doivent se briser bien des affections, bien des prudences, bien des existences : le mari devient un pédagogue, un professeur, si vous voulez ; et l'amour périt sous la férule qui tôt ou tard blesse ; car une épouse jeune et belle, sage et rieuse, n'admet pas de supériorités au-dessus de celles dont elle est douée par la nature. Peut-être ai-je eu des torts ? peut-être ai-je eu, dans les difficiles commencements d'un ménage, un ton magistral ? Peut-être, au contraire, ai-je commis la faute de me lier absolument à cette candide nature, et n'ai-je pas surveillé la comtesse, chez qui la révolte me paraissait impossible ? Hélas ! on ne sait pas encore, ni en politique ni en ménage, si les empires et les félicités périssent par trop de confiance ou par trop de sévérité. Peut-être le mari n'a-t-il pas réalisé pour Honorine les rêves de la jeune fille ? Sait-on à quels préceptes on a manqué, pendant les jours de bonheur ?... »

(– Je ne me rappelle que les masses dans les reproches que s'adressa le comte avec la bonne foi de l'anatomiste cherchant les causes d'une maladie qui échapperaient à ses confrères ; mais sa clémente indulgence me parut alors vraiment digne de celle de Jésus-Christ quand il sauva la femme adultère.)

« – Dix-huit mois après la mort de mon père, qui précéda ma mère de quelques mois dans la tombe, reprit-il après une pause, arriva la terrible nuit où je fus surpris par la lettre d'adieu d'Honorine. Par quelle poésie ma femme était-elle séduite ? Qui des sens, des magnétismes du malheur ou du génie, laquelle de ces forces l'avait ou surprise ou entraînée ? Je n'ai rien voulu savoir. Le coup fut si cruel que je restai comme hébété pendant un mois. Plus tard, la réflexion m'a dit de rester dans mon ignorance, et les malheurs d'Honorine m'ont trop appris de ces choses. Jusqu'à présent, Maurice, tout est bien vulgaire ; mais tout va changer par un mot : j'aime Honorine ! je n'ai pas cessé de l'adorer. Depuis le jour de l'abandon, je vis de mes souvenirs, je reprends un à un les plaisirs pour lesquels sans doute Honorine fut sans goût. Oh ! dit-il en voyant de l'étonnement dans mes yeux, ne me faites pas un héros, ne me croyez pas assez sot, dirait un colonel de cavalerie, pour ne pas avoir cherché des distractions. Hélas ! mon enfant, j'étais trop jeune, ou trop amoureux : je n'ai pu trouver d'autre femme dans le monde entier. »

STENDHAL (1783-1842)

Le Rouge et le Noir (1830)

(« La bibliothèque Gallimard » n° 24)

Le Rouge et le Noir, écrit par Stendhal en 1830, est un roman d'amour et de passion au sein d'un couple illicite : une femme mariée, Mme de Rênal, aime le jeune précepteur de ses enfants. Les circonstances ainsi que les lois sociales séparent à plusieurs reprises les deux amants et l'histoire finit de manière tragique avec la mise à mort de Julien, qui avait essayé de tuer son ancienne maîtresse. Dans ce passage, c'est Julien qui, conscient de l'attirance physique que Mme de Rênal éprouve pour lui, fait des tentatives pour l'approcher. Mme de Rênal découvre alors, avec délice et horreur, qu'elle aime Julien et qu'elle va devenir une femme adultère. Stendhal décrit ici le mélange de sensations qu'éprouve la jeune femme et les idées contrastées qui lui viennent à l'esprit. Un amour qui est souf-

france et jouissance, et qui s'oppose aux lois sociales et morales.

Julien irrité de ces discours approcha sa chaise de celle de Mme de Rênal. L'obscurité cachait tous les mouvements. Il osa placer sa main très près du joli bras que la robe laissait à découvert. Il fut troublé, sa pensée ne fut plus à lui, il approcha sa joue de ce joli bras, il osa y appliquer ses lèvres.

Mme de Rênal frémit. Son mari était à quatre pas, elle se hâta de donner sa main à Julien, et en même temps de le repousser un peu. Comme M. de Rênal continuait ses injures contre les gens de rien et les jacobins qui s'enrichissent, Julien couvrait la main qu'on lui avait laissée de baisers passionnés ou du moins qui semblaient tels à Mme de Rênal. Cependant la pauvre femme avait eu la preuve, dans cette journée fatale, que l'homme qu'elle adorait sans se l'avouer aimait ailleurs ! Pendant toute l'absence de Julien, elle avait été en proie à un malheur extrême, qui l'avait fait réfléchir.

Quoi ! j'aimerais, se disait-elle, j'aurais de l'amour ! Moi, femme mariée, je serais amoureuse ; mais, se disait-elle, je n'ai jamais éprouvé pour mon mari cette sombre folie, qui fait que je ne puis détacher ma pensée de Julien. Au fond, ce n'est qu'un enfant plein de respect pour moi ! Cette folie sera passagère. Qu'importe à mon mari les sentiments que je puis avoir pour ce jeune homme ! M. de Rênal serait ennuyé des conversations que j'ai avec Julien, sur des choses d'imagination. Lui, il pense à ses affaires. Je ne lui enlève rien pour le donner à Julien.

Aucune hypocrisie ne venait altérer la pureté de cette âme naïve, égarée par une passion qu'elle n'avait jamais éprouvée. Elle était trompée, mais à son insu, et cependant un instinct de vertu était effrayé. Tels étaient les combats qui l'agitaient quand Julien parut au jardin. Elle l'entendit parler, presque au même instant elle le vit s'asseoir à ses côtés. Son âme fut comme enlevée par ce bonheur charmant qui depuis quinze jours l'étonnait plus encore qu'il ne la séduisait. Tout était imprévu pour elle. Cependant, après quelques instants, il suffit donc, se dit-elle, de la présence de Julien pour effacer tous ses torts ? Elle fut effrayée ; ce fut alors qu'elle lui ôta sa main.

Les baisers remplis de passion, et tels que jamais elle n'en avait reçus de pareils, lui firent tout à coup oublier que peut-être il aimait une autre femme. Bientôt il ne fut plus coupable à ses yeux. La cessation de la douleur poignante, fille du soupçon, la présence d'un bonheur que jamais elle n'avait même rêvé, lui donnèrent des transports d'amour et de folle gaieté. […]

Mme de Rênal ne put fermer l'œil. Il lui semblait n'avoir pas vécu jusqu'à ce moment. Elle ne pouvait distraire sa pensée du bonheur de sentir Julien couvrir sa main de baisers enflammés.

Tout à coup l'affreuse parole : adultère, lui apparut. Tout ce que la plus vile débauche peut imprimer de dégoûtant à l'idée de l'amour des sens se présenta en foule à son imagination. Ces idées voulaient tâcher de ternir l'image tendre et divine qu'elle se faisait de Julien et du bonheur de l'aimer. L'avenir se peignait sous des couleurs terribles. Elle se voyait méprisable.

```
┌                                          ┐
    Groupement de textes
              stylistique

            Parler d'amour
└                                          ┘
```

LE GENRE ROMANESQUE a privilégié depuis toujours la thématique amoureuse et développé de manière considérable le discours amoureux. Cette parole qui dit la passion, la souffrance et le plaisir peut s'exprimer dans des formes et selon des stratégies très différentes. Monologue solitaire, dialogue avec la personne aimée ou avec un confident, lettre, toutes ces modalités concourent à faire résonner les sentiments, parfois contradictoires, qui agitent le cœur des amants.

Pierre ABÉLARD (1079-1142)

Correspondance avec Héloïse (vers 1130)

(traduction P. Zumthor, Actes Sud)

L'histoire d'Abélard et Héloïse est passée à la postérité comme un exemple de passion qui défie d'abord les lois de la société et qui est punie par cette même société de manière violente et atroce. Séparés à tout jamais physiquement, après que le philosophe eut été émasculé par punition, Héloïse et Abélard auraient continué à s'échanger des lettres que la tradition manuscrite nous a conservées. Narration fictive anonyme ou œuvre autobiographique, cet échange épistolaire est pour nous un document qui parle de la passion amoureuse et de sa place dans la société de l'époque. Dans ces lettres, les deux amants retracent la trajectoire de leur passion, pour réprouver leur comportement certes, mais aussi pour faire revivre à tout jamais cette histoire qui, par bien des aspects, rappelle l'amour tout-puissant qui a dévasté la vie de Tristan et d'Iseut.

Dans sa première lettre à Abélard, Héloïse le prie de ne pas oublier ses devoirs de fondateur de la congrégation de sœurs dont elle fait désormais partie; en somme, elle lui enjoint de ne pas sombrer dans le désespoir et de continuer à être le soutien spirituel de tous ses élèves et confrères, et surtout de toutes les moniales de la congrégation.

Tu possèdes une science éminente, je n'ai que l'humilité de mon ignorance : mieux que moi, tu sais combien de traités les Pères de l'Église écrivirent pour l'instruction, la direction et la consolation des saintes femmes, et quel soin ils mirent à les composer. [...] Tu sais, mon bien-aimé, et tous le savent, combien j'ai perdu en toi; tu sais dans quelles terribles circonstances l'indignité d'une trahison publique m'arracha au siècle en même temps que toi, et je souffre incomparablement plus de la manière dont je t'ai perdu que de ta perte même. Plus grand est l'objet de la douleur, plus grands doivent être les remèdes de la consolation. Toi seul, et non un autre, toi seul, qui seul es la cause de ma douleur, m'apporteras la grâce de la consolation. Toi seul, qui l'as contristée, pourras me rendre la joie, ou du moins soulager ma peine. Toi seul me le dois, car aveuglément j'ai accompli toutes tes volontés, au point que j'eus, ne pouvant me décider à t'opposer la moindre résistance, le courage de me perdre moi-même sur ton ordre. Bien plus, mon amour, par un effet incroyable, s'est tourné en tel délire qu'il s'enleva, sans espoir de le recouvrer jamais, à lui-même l'unique objet de son désir, le jour où pour t'obéir je pris l'habit et acceptai de changer de cœur. Je te prouvai ainsi que tu règnes en seul maître sur mon âme comme sur mon corps. Dieu le sait, jamais je n'ai cherché en toi que toi-même. C'est toi seul que je désirais, non ce qui t'appartenait ou ce que tu représentes. Je n'attendais ni mariage ni avantages matériels, ne songeais ni à mon plaisir ni à mes volontés, mais je n'ai cherché, tu le sais bien, qu'à satisfaire les tiennes. Le nom d'épouse paraît plus sacré et plus fort ; pourtant celui d'amie m'a toujours été plus doux. J'aurais aimé, permets-moi de te le dire, celui de concubine et de fille de joie, tant il me semblait qu'en m'humiliant davantage j'augmentais mes titres à ta reconnaissance et nuisais moins à la gloire de ton génie.

Le Roman d'Énéas (vers 1160)

(traduction A. Petit, UGE, « Lettres gothiques »)

Le Roman d'Énéas a été composé dans le même milieu que celui de Tristan et Iseut. Didon est tombée amoureuse du beau et courageux Énéas, qu'elle a accueilli dans son palais. Seule dans sa chambre, elle se retourne dans son lit, gémit, soupire, étreint sa couverture, embrasse son oreiller, mais rien n'y fait, elle ne parvient pas à s'endormir. Alors, fatiguée par cette angoisse sans nom, elle va chercher sa sœur Anna pour lui parler. C'est donc grâce à un aveu fait à une confidente que la passion se révèle au lecteur.

« Anna, je me meurs, je vais cesser de vivre, ma sœur. — Qu'avez-vous donc ? — Le cœur me manque. — Souffrez-vous d'une maladie ? — Je suis en parfaite santé. — Qu'avez-vous donc ? — L'amour me mine, je ne puis le cacher, j'aime. — Et qui ? — Je vais te le dire, par ma foi, celui… » Et sur le point de le nommer, elle se pâma et ne put parler. Revenue de pâmoison, elle poursuivit sa réponse : « celui qui a souffert tant de maux, c'est le guerrier troyen que Fortune a exilé et qui arriva hier dans ce pays. Je crois qu'il est de la famille de Priam et d'une lignée céleste ; tout laisse voir qu'il est noble, et son fils est très courtois : je n'ai pu me rassasier hier soir de l'étreindre et de l'embrasser. Jamais depuis mon départ de Tyr, depuis la mort de Sychée, mon époux, je n'ai songé à l'amour ; jusqu'à ce jour, je n'ai pas vu d'homme, si bien né, si puissant, si valeureux et sage fût-il, à qui j'aie témoigné en quelque manière un sentiment de ce genre, excepté celui-ci, que la destinée amena dans ce pays. Lui, il a enflammé mon cœur, lui, il m'a inspiré une passion fatale, pour lui je me meurs, sans aucun doute… »

GOTTFRIED (fin XIIe s.-début XIIIe s.)

Tristan et Isolde (1210)

(dans *Tristan et Yseut*,
« Bibliothèque de la Pléiade » n° 422)

Gottfried de Strasbourg a traduit et adapté en moyen-haut-allemand la version du Tristan *de Thomas. L'un des passages les plus célèbres de ce roman courtois allemand est celui des aveux réciproques que se font Tristan et Iseut sur la nef, juste après avoir bu le philtre magique.*

Ils échangèrent des souvenirs, et l'un entretenait l'autre. « Ah ! dit Isolde, quand le moment s'est montré propice, mon Dieu, pourquoi ne vous ai-je pas frappé dans votre bain ? Si j'avais su alors ce que je sais maintenant, c'eût été en vérité votre mort ! — Pourquoi donc, dit-il, belle Isolde ? Qu'est-ce qui vous tourmente ? Dites, que savez-vous donc ? — Ce que je sais me tourmente ! Ce que je vois me fait mal. Le ciel et la mer m'accablent — toute ma vie me pèse. » Elle se pencha un peu vers lui et s'appuya du coude contre le bien-aimé. Ce fut sa première hardiesse. Ses yeux clairs comme des miroirs se remplirent secrètement de larmes. Son cœur se gonfla, sa bouche douce s'entrouvrit, sa tête s'inclina tout de bon. Son ami à son tour l'entoura de ses bras, ni trop près ni trop loin, seulement comme a le droit de le faire un étranger. Puis il murmura tout bas, tendrement : « Ah ! ma belle, ma douce, dites-moi donc : quel est ce tourment, que sont ces plaintes ? » Isolde, le faucon de l'Amour, répondit : « *Lamer* est mon tourment, *lamer* m'oppresse l'âme, c'est *lamer* qui me fait mal. » Quand Tristan entendit qu'elle répétait si souvent le mot *lamer*, il réfléchit intensément à ce qu'il pouvait signifier. Il se creusa la tête : *lamer* peut signifier « l'amour », mais aussi « l'amer » et enfin « la mer ». Il lui sembla qu'il y avait une multitude de sens. Il en négligea un et interrogea Isolde sur les deux autres. L'Amour, leur seigneur à tous deux, leur commun espoir, leur commun désir, il le passa sous silence. Il parla de « mer » et d'« amer » : « Si je comprends bien, belle Isolde, la mer et l'amer, voilà ce qui vous tourmente : vous sentez l'odeur de la mer et du vent ; tous deux vous sont amers, je suppose ? — Non, non, seigneur ! Que dites-vous donc là ? Ni l'un ni l'autre ne me dérangent ; ni le vent ni la mer ne me font rien : seul *lamer* me fait souffrir ! » Il ne restait donc plus qu'une solution : *lamer* signifiait « l'amour » ! Quand il eut compris cela, il dit tout douce-ment : « Ah ! belle, c'est pour moi la même chose, *lamer* et vous, vous êtes mon tourment ! Dame de mon cœur, douce Isolde, vous seule et mon amour pour vous ont mis tous mes sentiments et toutes mes pensées sous le charme et les ont complètement transformés. Me voici sortir de ma route tant et si loin que jamais je ne reviendrai de mon égarement. Quoi que mes yeux voient, c'est pour moi sans valeur ni intérêt, cela me peine, et me pèse : il n'y a rien au monde qui soit aussi cher à mon cœur que vous ! » Isolde dit alors : « Seigneur, c'est ce que vous êtes pour moi. »

Quand les deux amants reconnurent que tous deux n'étaient qu'une même pensée, un même cœur et un même vouloir, leur tourment à tous deux s'apaisa et devint visible à l'autre : l'un et l'autre se regardèrent et se parlèrent avec plus de hardiesse, l'homme et la jeune fille, la jeune fille et l'homme. Il n'y avait plus entre eux de pudique réserve : il l'embrassa, elle l'embrassa amoureu-sement et tendrement.

Pierre CORNEILLE (1606-1684)

Le Cid (1637)

(« Folioplus classiques » n°13)

Cette tragi-comédie de Corneille fut représentée pour la première fois en 1637. Elle suscita de vives polémiques, la fameuse « querelle du Cid », à propos du sujet choisi et de la structure de la pièce. Don Rodrigue et Chimène s'ai-ment, mais Rodrigue a tué le père de Chimène en duel et le code de l'honneur oblige Chimène à demander au roi

vengeance pour son père. Dans la scène 4 de l'acte III,
Rodrigue et Chimène parlent d'un amour impossible : la
raison, en effet, impose la vengeance, alors que l'amour
exige le pardon.

DON RODRIGUE

Ne diffère donc plus ce que l'honneur t'ordonne,
Il demande ma tête et je te l'abandonne,
Fais-en un sacrifice à ce noble intérêt,
Le coup m'en sera doux aussi bien que l'arrêt.
Attendre après mon crime une lente justice
C'est reculer ta gloire autant que mon supplice,
Je mourrai trop heureux mourant d'un coup si beau.

CHIMÈNE

Va, je suis ta partie, et non pas ton bourreau.
Si tu m'offres ta tête, est-ce à moi de la prendre ?
Je la dois attaquer, mais tu dois la défendre,
C'est d'un autre que toi qu'il me faut l'obtenir
Et je dois te poursuivre et non pas te punir.

DON RODRIGUE

De quoi qu'en ma faveur notre amour t'entretienne,
Ta générosité doit répondre à la mienne.
Et pour venger un père emprunter d'autres bras,
Ma Chimène, crois-moi, c'est n'y répondre pas :
Ma main seule du mien a su venger l'offense,
Ta main seule du tien doit prendre la vengeance.

CHIMÈNE

Cruel, à quel propos sur ce point t'obstiner ?
Tu t'es vengé sans aide et tu m'en veux donner !
Je suivrai ton exemple, et j'ai trop de courage
Pour souffrir qu'avec toi ma gloire se partage :
Mon père et mon honneur ne veulent rien devoir
Aux traits de ton amour, ni de ton désespoir.

RODRIGUE

Rigoureux point d'honneur ! hélas ! quoi que je fasse
Ne pourrai-je à la fin obtenir cette grâce ?
Au nom d'un père mort, ou de notre amitié,

Punis-moi par vengeance, ou du moins par pitié,
Ton malheureux amant aura bien moins de peine
À mourir par ta main, qu'à vivre avec ta haine.

CHIMÈNE

Va, je ne te hais point.

RODRIGUE

Tu le dois.

CHIMÈNE

Je ne puis.

RODRIGUE

Crains-tu si peu le blâme, et si peu les faux bruits ?
Quand on saura mon crime et que ta flamme dure,
Que ne publieront point l'envie et l'imposture ?
Force-les au silence, et sans plus discourir
Sauve ta renommée en me faisant mourir.

CHIMÈNE

Elle éclate bien mieux en te laissant en vie,
Et je veux que la voix de la plus noire envie
Élève au Ciel ma gloire, et plaigne mes ennuis,
Sachant que je t'adore et que je te poursuis.
Va-t'en, ne montre plus à ma douleur extrême
Ce qu'il faut que je perde, encore que je l'aime,
Dans l'ombre de la nuit cache bien ton départ,
Si l'on te voit sortir, mon honneur court hasard,
La seule occasion qu'aura la médisance
C'est de savoir qu'ici j'ai souffert ta présence,
Ne lui donne point lieu d'attaquer ma vertu.

RODRIGUE

Que je meure.

CHIMÈNE

Va-t'en.

RODRIGUE

À quoi te résous-tu ?

CHIMÈNE

Malgré des feux si beaux qui rompent ma colère,
Je ferai mon possible à bien venger mon père,
Mais malgré la rigueur d'un si cruel devoir,
Mon unique souhait est de ne rien pouvoir.

RODRIGUE

Ô miracle d'amour !

CHIMÈNE

Mais comble de misères.

RODRIGUE

Que de maux et de pleurs nous coûteront nos pères !

CHIMÈNE

Rodrigue, qui l'eût cru !

RODRIGUE

Chimène, qui l'eût dit !

CHIMÈNE

Que notre heur fût si proche et si tôt se perdît !

RODRIGUE

Et que si près du port, contre toute apparence,
Un orage si prompt brisât notre espérance !

CHIMÈNE

Ah, mortelles douleurs !

RODRIGUE

Ah, regrets superflus !

CHIMÈNE

Va-t'en, encore un coup, je ne t'écoute plus.

RODRIGUE

Adieu, je vais traîner une mourante vie,
Tant que par ta poursuite elle me soit ravie.

CHIMÈNE

Si j'en obtiens l'effet, je te donne ma foi
De ne respirer pas un moment après toi.
Adieu, sors, et surtout garde bien qu'on te voie.

ELVIRE

Madame, quelques maux que le Ciel nous envoie…

CHIMÈNE

Ne m'importune plus, laisse-moi soupirer,
Je cherche le silence, et la nuit pour pleurer.

MOLIÈRE (1622-1673)

Tartuffe (1664)

(« La bibliothèque Gallimard » n°54)

Dans la scène 5 du quatrième acte du Tartuffe *de Molière, deux personnages parlent d'amour et de passion, mais il s'agit d'un leurre. Tartuffe veut simplement séduire Elmire, alors qu'Elmire feint d'éprouver des sentiments passionnés pour Tartuffe afin que le mari, caché sous la table, découvre la vraie nature de cet homme qu'il admire tant. Orgon, en effet, a confiance en Tartuffe et voudrait lui donner sa fille en mariage, mais Elmire a compris que Tartuffe n'est qu'un imposteur et invente un stratagème pour montrer la vérité au mari. Après l'aveu d'Elmire, Tartuffe devient de plus en plus entreprenant.*

TARTUFFE

C'est sans doute, Madame, une douceur extrême
Que d'entendre ces mots d'une bouche qu'on aime.
Leur miel dans tous mes sens fait couler à longs traits
Une suavité qu'on ne goûta jamais.
Le bonheur de vous plaire est ma suprême étude,
Et mon cœur de vos vœux fait sa béatitude ;
Mais ce cœur vous demande ici la liberté
D'oser douter un peu de sa félicité.
Je puis croire ces mots un artifice honnête

Pour m'obliger à rompre un hymen qui s'apprête ;
Et s'il faut librement m'expliquer avec vous,
Je ne me fierai point à des propos si doux,
Qu'un peu de vos faveurs, après quoi je soupire,
Ne vienne m'assurer tout ce qu'ils m'ont pu dire,
Et planter dans mon âme une constante foi
Des charmantes bontés que vous avez pour moi.

ELMIRE, *elle tousse pour avertir son mari*

Quoi ? vous voulez aller avec cette vitesse,
Et d'un cœur tout d'abord épuiser la tendresse ?
On se tue à vous faire un aveu des plus doux ;
Cependant ce n'est pas encore assez pour vous,
Et l'on ne peut aller jusqu'à vous satisfaire,
Qu'aux dernières faveurs on ne pousse l'affaire ?

TARTUFFE

Moins on mérite un bien, moins on l'ose espérer.
Nos vœux sur des discours ont peine à s'assurer.
On soupçonne aisément un sort tout plein de gloire,
Et l'on veut en jouir avant que de le croire.
Pour moi, qui crois si peu mériter vos bontés,
Je doute du bonheur de mes témérités ;
Et je ne croirai rien, que vous n'ayez, Madame,
Par des réalités su convaincre ma flamme.

ELMIRE

Mon Dieu, que votre amour en vrai tyran agit,
Et qu'en un trouble étrange il me jette l'esprit !
Que sur les cœurs il prend un furieux empire,
Et qu'avec violence il veut ce qu'il désire !
Quoi ? de votre poursuite on ne se peut parer,
Et vous ne donnez pas le temps de respirer ?
Sied-il bien de tenir une rigueur si grande,
De vouloir sans quartier les choses qu'on demande,
Et d'abuser ainsi par vos efforts pressants
Du faible que pour vous vous voyez qu'ont les gens ?

TARTUFFE

Mais si d'un œil bénin vous voyez mes hommages,
Pourquoi m'en refuser d'assurés témoignages ?
[...]

Enfin votre scrupule est facile à détruire :
Vous êtes assurée ici d'un plein secret,
Et le mal n'est jamais que dans l'éclat qu'on fait ;
Le scandale du monde est ce qui fait l'offense,
Et ce n'est pas pécher que pécher en silence.

ELMIRE, *après avoir encore toussé*

Enfin je vois qu'il faut se résoudre à céder,
Qu'il faut que je consente à vous tout accorder,
Et qu'à moins de cela je ne dois point prétendre
Qu'on puisse être content, et qu'on veuille se rendre.
Sans doute il est fâcheux d'en venir jusque-là,
Et c'est bien malgré moi que je franchis cela ;
Mais puisque l'on s'obstine à m'y vouloir réduire,
Puisqu'on ne veut point croire à tout ce qu'on peut dire,
Et qu'on veut des témoins qui soient plus convaincants,
Il faut bien s'y résoudre, et contenter les gens.
Si ce consentement porte en soi quelque offense,
Tant pis pour qui me force à cette violence ;
La faute assurément n'en doit pas être à moi.

TARTUFFE

Oui, Madame, on s'en charge, et la chose de soi...

ELMIRE

Ouvrez un peu la porte, et voyez, je vous prie,
Si mon mari n'est point dans cette galerie.

TARTUFFE

Qu'il est besoin pour lui du soin que vous prenez ?
C'est un homme, entre nous, à mener par le nez ;
De tous nos entretiens il est pour faire gloire,
Et je l'ai mis au point de voir tout sans rien croire.

ELMIRE

Il n'importe : sortez, je vous prie, un moment,
Et partout là dehors voyez exactement.

Chronologie

Le XIIᵉ siècle

1.

Tristan et Iseut et le roman français

1150	Un clerc anglo-normand compose une adaptation de la *Thébaïde* de Stace, connue sous le titre de *Roman de Thèbes*
Vers 1155	Wace termine le *Roman de Brut*, traduction de l'*Historia regum Britanniae*, qu'il dédie à Aliénor d'Aquitaine.
1160	Composition du *Roman d'Éneas*, une adaptation en vers français de l'*Énéide* de Virgile. Benoît de Sainte–Maure, un clerc originaire de la Touraine qui vit vraisemblablement à la cour d'Henri II et d'Aliénor d'Aquitaine, écrit le *Roman de Troie* (d'environ 30 000 vers octosyllabiques).
1170	Chrétien de Troyes compose le roman *Érec et Énide.*
1170-1173	Date de composition probable du *Roman de Tristan et Iseut* de Thomas.
1176	Chrétien de Troyes écrit son anti-*Tristan* : le roman de *Cligès.*
1180	Date de composition probable de la version de Béroul et du *Lai du chèvrefeuille* de Marie de France.

1180-1190   Eilhart von Oberge, en s'inspirant du texte de Béroul, fournit la première version du *Tristan* en langue allemande.

1210   Le poète allemand Gottfried de Strasbourg traduit le *Roman de Tristan et Iseut* de Thomas.

1230   Première rédaction du *Tristan en prose*.

En parcourant ce tableau, nous pouvons constater que le roman est un genre littéraire qui naît aux alentours de 1150, d'abord en milieu anglo-normand, à la cour d'Henri II Plantagenêt et d'Aliénor d'Aquitaine. Il reste lié ensuite aux milieux de cour, puisque le plus connu des romanciers du Moyen Âge, Chrétien de Troyes, aurait travaillé pour le comte de Champagne et pour le comte de Flandres. Son *Lancelot, ou le Chevalier de la charrette*, en effet, est dédicacé à Marie de Champagne, fille d'Aliénor et épouse d'Henri le Libéral, comte de Champagne, alors que son dernier roman, le *Conte du Graal*, est précédé d'un prologue où il tisse l'éloge de Philippe d'Alsace, comte de Flandres. Les dates retenues ici révèlent la rapidité avec laquelle les textes en langue française ont circulé et ont suscité des traductions dans de nombreuses langues vernaculaires.

2.

Vie politique et artistique

1137   Mariage du futur roi Louis VII et d'Aliénor d'Aquitaine. Grâce à ce mariage, le roi pense étendre son royaume jusque vers le Sud-Ouest, mais il perd ces mêmes terres quand ce mariage est annulé.

1140 Date de composition approximative de la chanson de geste *La Prise d'Orange*. Les chansons de geste précèdent chronologiquement les premiers romans en français.

1147-1148 Deuxième croisade à l'initiative du roi de France, Louis VII. Après avoir mis le siège à Damas, les croisés sont obligés de quitter l'Orient et de revenir en France. La croisade fut un échec cuisant pour le roi de France.

1152 Aliénor épouse Henri Plantagenêt, après l'annulation de son précédent mariage.
Henri II Plantagenêt est, à cette époque, comte d'Anjou et duc de Normandie.

1154 Henri Plantagenêt devient roi d'Angleterre.

La situation devient encore plus compliquée pour le roi Louis VII, car Henri II est, à partir de cette date, le chef d'un territoire bien plus étendu que le royaume de Louis VII.

Aliénor et Henri sont non seulement à la tête d'un royaume important et vaste, mais ils sont aussi des monarques cultivés et aiment s'entourer de clercs et de savants qui composent ou traduisent du latin des œuvres dont ils sont les commanditaires ou les destinataires, si l'auteur espère une récompense. Poitiers et Londres deviennent donc des pôles culturels qui attirent les gens cultivés de l'époque, Aliénor, dont le père, Guillaume IX d'Aquitaine, aimait composer des poèmes, deviendra la protectrice de nombreux hommes de lettres et plusieurs romans lui seront explicitement dédiés.

1163 Début des travaux pour la construction de la cathédrale Notre-Dame de Paris. L'essor économique favorise d'importants travaux architecturaux dans les grandes villes. La diffusion de la culture à une plus large échelle se fait grâce à la création de nouvelles écoles aussi bien dans les couvents qu'à l'ombre des cathédrales.

1180   Philippe Auguste devient roi de France. C'est une figure importante de l'histoire de France pour sa capacité à agrandir le royaume et à consolider le pouvoir royal. Le nom de ce roi est lié aussi à la charte par laquelle on a reconnu l'existence de l'université de Paris, en 1200.

1187   Prise de Jérusalem par Saladin. La ville, aux mains des Francs depuis la première croisade, était, depuis 1099, la capitale du royaume latin d'Orient, placée sous l'autorité de Godefroy de Bouillon.

1189   Philippe Auguste, Richard Cœur de Lion, fils d'Henri II d'Angleterre, prennent la croix et se rendent en Terre sainte pour essayer de reprendre Jérusalem aux musulmans, mais ils n'y parviennent pas.

1190-1215   Construction d'une muraille autour de Paris.

1214   Victoire de Philippe Auguste sur Othon II et les alliés de l'Empire à la bataille de Bouvines.

Éléments pour une fiche de lecture

Regarder l'enluminure

- Observez la scène représentée. Pourquoi d'après vous l'artiste a-t-il choisi ce moment de la légende ? Comparez les différentes versions de l'histoire et listez celles qui en font état et celles qui l'ignorent.

- Regardez attentivement les différents objets disposés dans la chambre, leurs positions vous semblent-elles réalistes ? Pourquoi ? Faites une recherche sur l'invention de la perspective et expliquez comment on pourrait corriger cette image.

L'espace et le temps

On a dit de Tristan qu'il est un héros en fuite perpétuelle, car il n'a de cesse de quitter un lieu, de s'installer dans un autre, pour finir par revenir toujours et toujours repartir vers d'autres lieux. Essayez de retracer, de sa naissance jusqu'à sa mort, l'itinéraire de Tristan dans ce roman, ses déplacements, et de montrer quelles sont les raisons qui, chaque fois, le poussent au départ.

L'intrigue

- L'intrigue, linéaire, est néamoins complexe ; en effet, même si l'on raconte les événements en suivant l'ordre chronologique (depuis la naissance de Tristan jusqu'à sa mort), l'histoire se construit par épisodes que l'on peut juxtaposer et que l'on pourrait parfois éliminer. Montrez quels sont les épisodes susceptibles d'être détachés de la trame centrale sans que cela nuise au développement de l'histoire d'amour.
- Cette caractéristique a permis à différents auteurs d'ajouter des épisodes ou d'offrir aux lecteurs de nouvelles aventures des deux héros. Imaginez quel pourrait être un nouvel épisode de cette saga, en vous fondant sur les caractéristiques essentielles des chapitres de la version conçue par Joseph Bédier.

Merveilleux et symbolique

- L'histoire de Tristan et Iseut est émaillée d'objets symboliques qui permettent aux personnages de communiquer autrement que par le langage. Le gant laissé par le roi Marc en est un exemple frappant, mais l'histoire en mentionne beaucoup d'autres, qui servent le plus souvent à établir une communication à distance entre Iseut et Tristan. Cherchez ces objets dans le roman et tâchez d'en définir la fonction.
- La merveille et le surnaturel sont très présents dans ce texte. Sauriez-vous retrouver des objets, personnages, événements, qui peuvent être considérés comme surnaturels, magiques ou miraculeux ?

Les personnages

- Iseut n'est pas un personnage monolithique et immuable. Hostile à Tristan au départ, elle change progressivement d'attitude, mais c'est le philtre qui opère la véritable transformation. La potion magique, pourtant, ne fait pas d'elle une simple victime du destin. Iseut, en effet, a parfois des inquiétudes et des hésitations et va même jusqu'à douter de l'amour de Tristan. Relevez les passages qui montrent ces changements dans l'âme d'Iseut et expliquez en quoi ils contribuent à donner de l'épaisseur au personnage.
- Les personnages féminins sont rares dans les premiers romans, mais ils ont souvent affaire à la ruse et à la magie. Identifiez toutes les femmes dans cette histoire et précisez leur rôle.
- Joseph Bédier était fermement convaincu que l'amour breton ne ressemble pas à l'amour courtois de la tradition méridionale reprise par le roman français. En particulier, il pensait que Tristan n'était pas comparable au *fin'amant* de la lyrique courtoise en langue d'oc et en langue d'oïl. Voici ce qu'il a affirmé en 1905 : « Tristan peut bien se déclarer quelque part l'homme lige de la reine ; jamais il ne prend devant elle, comme Lancelot, l'attitude d'un humble espérant ; jamais ne se marque la prédominance de l'amante sur l'amant. » Dites si vous êtes d'accord avec cette analyse et cherchez dans le roman des extraits qui vous permettent d'appuyer ou de critiquer les remarques de Joseph Bédier.

Le narrateur et son histoire

- Le narrateur fait souvent référence à des événements qui n'ont pas encore eu lieu, en créant des effets

d'annonce. Ces interventions s'appellent « pro-
lepses » et servent ici à éveiller la curiosité du lecteur
ou à captiver son attention.Voici, par exemple, comment il anticipe la fin de l'histoire d'amitié entre
Kaherdin et Tristan : « Jamais ils ne faussèrent cette
parole, comme l'histoire vous l'apprendra » (p. 111).
Identifiez-en quelques-unes.

• Bédier a essayé de transférer en français moderne
les nombreuses interventions du narrateur qui
constituent l'une des caractéristiques essentielles
du texte de Béroul. En voici un exemple : « Ah ! seigneurs, pourquoi dit-il cette parole ? » (p. 114).
Tâchez de retrouver d'autres exemples de ce pro-
cédé typique du récit oral qui vise à commenter les
actions des personnages, attirer l'attention du lecteur sur un détail, invoquer ou faire remarquer la
clémence de Dieu, etc. Vous essaierez de détermi-
ner la fonction de chaque extrait cité.

Vocabulaire

Joseph Bédier ne traduit pas simplement de l'ancien
français, il adapte et parfois reconstruit de toutes pièces
des passages du récit et des dialogues. Cette reconstitution se fait souvent grâce au lexique archaïque qu'il utilise. Cherchez dans le texte les mots qui créent une
atmosphère médiévale par leur caractère vieilli ou
désuet. Vous pouvez vous aider d'un dictionnaire de français moderne, qui vous indiquera clairement si un mot
ou une expression sont vieux, archaïques ou littéraires.

Écriture

L'écriture de la légende tristanienne est depuis toujours sans limites. Si l'histoire a un début et une fin, cela

n'a pas empêché d'autres conteurs d'amplifier certains épisodes, d'en donner une nouvelle version ou de concevoir une nouvelle péripétie pour les deux amants que la vie sépare. Imaginez un épisode de la légende que vous pourriez insérer à l'intérieur du roman, ou faire circuler comme petit conte isolé, raconté oralement par un jongleur, à la manière du *Lai du chèvrefeuille* de Marie de France, repris par Bédier dans le chapitre 17, ou de la *Folie Tristan* du chapitre 18.

Collège

Lycée

Série Classiques

DANS LA MÊME COLLECTION

Friedrich NIETZSCHE, *Vérité et mensonge au sens extra-moral* (168)

Blaise PASCAL, *Trois discours sur la condition des Grands et six liasses extraites des Pensées* (83)

PLATON, *La République* — « Livres 6 et 7 » (78)

PLATON, *Le Banquet* (109)

PLATON, *Apologie de Socrate* (124)

PLATON, *Gorgias* (159)

Jean-Jacques ROUSSEAU, *Discours sur l'origine et les fondements de l'inégalité parmi les hommes* (82)

Baruch SPINOZA, *Lettres sur le mal* — « Correspondance avec Blyenbergh » (80)

Alexis de TOCQUEVILLE, *De la démocratie en Amérique I* — « Introduction, chapitres 6 et 7 de la deuxième partie » (97)

Simone WEIL, *Les Besoins de l'âme*, extrait de *L'Enracinement* (96)

Ludwig WITTGENSTEIN, *Conférence sur l'éthique* (131)